ジョン・レノン対火星人

takahashi gen'ichiro

高橋源一郎

講談社文芸文庫

JN282000

目次

東京拘置所における流行について話そう。

一九七〇年。東京拘置所で流行《はや》っていたのは手淫《マスターベーション》だった。流行った、流行った、わたしもやった。

一九七一年。東京拘置所で流行っていたのは小説を書くことだった。流行った、流行った、誰《だれ》もが小説を書くことに熱中していた。もちろん、わたしも。

そして、一九七二年。

独房にいたわたしたちの間に熱病のように野球《ベースボール》が流行りはじめた。

わたしは運動檻《おり》の中の幻のマウンドの上に立ち、いつかやってくる救援《リリーフ》にそなえ肩ならしのピッチングをつづけていた。

わたしの左隣では「左ピッチャーの肩口から入ってくるカーブ」を打てない左バッターが、幻のバットで懸命に素振りをつづけていた。

「左ピッチャーの肩口から入ってくるカーブを打つことがおれの生涯《しようがい》の主題《テーマ》なのだ」

そしてわたしの右隣では奇妙な三塁《サード》コーチャーが、幻の三塁《サード》コーチャーズ・ボックスの左はじに立ってぐるぐると腕をまわし、三塁《サード》ベースをかけぬけてゆく走者《ランナー》たちを次々と本塁《ホーム》ベース上で憤死させていた。

「へたくそ」わたしは呆《あき》れて言った。

奇妙な三塁《サード》コーチャーはにやりと笑うと、右の鼻の穴に左手の親指をつっこみ、間髪を入れずに左の鼻の穴に右手の親指をつっこんだ。

「これが、ヒット・エンド・ランのサイン」

ここまでがわたしの知っている「東京拘置所ジャイアンツ」の姿である。

わたしたちは保釈され、たった一人だけ残されたその奇妙な三塁《サード》コーチャーは、あいかわらず幻のコーチャーズ・ボックスからかれだけに理解できるサインを送りつづけていたのだ。

そして一九七三年。

独房から精神科の病棟《びょうとう》へうつされたその奇妙な三塁《サード》コーチャーは奇妙なサインを創《つく》

り出した。

かれを診察しようとした精神科医は、いきなり凄《すさま》じい力で左の睾丸《きんたま》を二度、右の睾《きん》丸《たま》を一度つかまれて失神した。

「ジョン・レノン対火星人」と、かれは言った。

左の睾丸《きんたま》を二度。

右の睾丸《きんたま》を一度。

それが、その奇妙な三塁《サード》コーチャーに近づこうとする全《すべ》ての人間に出された「ジョン・レノン対火星人」のサインなのだった。

「ジョン・レノン対火星人」のサインを出されたバッターはいったいどうすればいいのだろうか？　打つ？　一球待つ？

その奇妙な三塁《サード》コーチャーが死んでしま

った現在《いま》では、わたしたちには確かめる術《すべ》がないのである。

　NとYを組み合わせたヤンキースの帽《キャ》子《ップ》、たてじまのヤンキースのユニフォーム、左手にキャッチャー・ミット右手にはファースト・ミットをはめ、かもしか革のスパイクをはいたまま独房で首を縊《くく》った奇妙な三塁《サード》コーチャーの死をテレビのニュースで知った時、丁度わたしとテレビを見ていた「左ピッチャーの肩口から入ってくるカーブ」をついに打てなかった左バッターは、ぽつりとわたしに言った。

「だから、どうだっていうんだ?」

　わたしはそれ以来、自分で「左の睾丸《きんたま》を

二度、右の睾丸《きんたま》を「一度」握りしめては、「ジョン・レノン対火星人」のサインを送るようになったのである。

ジョン・レノン対火星人

もっと詳しいことを知りたい人は、
十八時以降に電話をくれたまえ

（ブルーノ・ムナーリ）

序章　ポルノグラフィー

「ちょっとお待ち下さい。××はただ今、××中であらせられます」

わたしのノートの一ページ目にはこう書いてある。たぶん、わたしが創作したものだろう。ちがうかな。まあ、そんなことはどっちだってかまわない。

わたしのノートにはこんな断片がぎっしり詰まっている。もちろん、わたしがいつか書く予定の「偉大なポルノグラフィー」のためだ。

金子光晴の目は遠い過去、生起した一切をながめていた。いちごちゃんも感動していた。

「光《み》っちゃん」

金子光晴はまだ遠くをながめていた。

「ああ……」

金子光晴の目にじわっと涙がにじんだ。

「ひどいしうちだ。まだ生きているのに勃起《ぼつき》することもできない」

いちごちゃんは思わずもらい泣きしてしまった。

＊

次の客が入って来た。今度はペンギンだった。おまけにふつうのペンギンではないのだ。陰茎だけは人間と全くかわらず、躰《からだ》の他の部分はマンガのように不正確で、どうやら作者が手抜きをしたらしく、ところどころりんかくの線がとぎれているのだった。

＊

「性の深淵《しんえん》について君と語り合いたいのだが」

「ええ。七十分で二万円頂くことになっているわ」

「もちろん、語り合うだけではすまないかも知れない。それが深淵の深淵たるゆえんなのだが」

「その場合には三万円頂きます」

＊

憎むべきはわたしの自我《エゴ》だ、とアブドーラ・ザ・ブッチャーは思った。

マハリシ・マヘリーシ・ヨギ導師《グル》はジョン・レノンに戦いより愛の優位を説いている。

ワタシモソウ思ウ。

「プロレスとは愛《アムール》なのだ」

アブドーラ・ザ・ブッチャーは深くため息を吐《つ》いた。

「ねえ、アブドーラ……。あなた、おまんこしたくなっちゃったの？　そう？　おまんこしたいのね？」

「ちがう《ネー》。わたしはおまんこしたいのではない。わたしの自我《エゴ》が哀《かな》しいのだよ」

ソウ言ウモノナノネ、とうさぎちゃんは思った。

そう言うものなのだよ、うさぎちゃん。

＊

セールスマンはその次に本を取り出した。

男は呆《あき》れて、際限なく品物の出てくるセールスマンの汚いカバンを見つめていた。

「『よいこの爆弾製造法』です。今、お買いになると特典として、『ゼロ歳児からの避妊のしつけ』を差しあげることになっております」

＊

「ねえ、ヘンゼル」

グレーテルはお兄ちゃんのヘンゼルの躰の上に乗っかって、フェラチオをしながら言いました。

「おとうさんとおかあさんが、わたしたちを森の中に捨ててしまおうって言っていたわ」

「心配するなよ、グレーテル。あんな連中、ぼくがかたづけてやるからさ」

「うれしいわ、お兄ちゃん」

　さて翌日になると、ヘンゼルとグレーテルとおとうさんとおかあさんはみんなで森へ出かけました。そして二人でうち合わせていたように、ヘンゼルはおとうさんと、グレーテルはおかあさんと、それぞれに別れたのです。

　二人きりになったヘンゼルは突然おとうさんを押したおすと、いやがるおとうさんのズボンとパンツを脱がせ、おとうさんの尻《しり》の穴にペニスをつっこみました。

「な、なにをするんだ、ヘンゼル。わたしもおまえも男じゃないか。いや、いや、第一、わたしとおまえは親子じゃないかね」

しかし、おとうさんはヘンゼルのたくましいペニスにつらぬかれ、この世のものとも思えない快楽の渦《うず》にのみこまれてしまったのです。

さて、一方、グレーテルはと言えば、二人きりになるとおかあさんのスカートをまくりあげ、頭の上でちょうちん結びにして大きなもみの木《タンネン・バウム》にしばりつけてしまいました。

「よ、よしなさい。グレーテル！　ひぇぇぇぇぇ！」

おかあさんは、二言、三言、グレーテルに文句を言う前に、グレーテルの熟練した舌技とフィンガー・テクニックによってオルガスムに達してしまいました。

家へ戻《もど》って来ると、おかあさんはおとうさんに言いました。

「おとうさん、わたしがまちがっていました。どんなに苦しくても、こどもたちを捨てるなんてよしましょう」

「うん、わたしもそう思っていたんだよ。わたしたちの愛するこどもたちなのだから」

そしてヘンゼルとグレーテルは両親と共に、末長く幸福にくらしました。

これはひどい。全くひどい。ヒポコンデリイと分裂症と脱腸を併発した少女マンガ家のうわごとのようだ。

わたしは、ほんとうに悲しい。わたしがこいつらをノートに書きつけた時には、たしかにこいつらは「偉大なポルノグラフィー」を形づくるモザイクの断片のはずだったのだ。おかしいな。どうしてこんなていたらくになってしまったのだろう？

処女《ヴァージン》を奪われた「不思議の国のアリス」はしくしく泣いていました。

「まさか処女《ヴァージン》とは思わなかったぜ」

NASA（アメリカ航空宇宙局）のカール・セーガン博士はまっ赤なコンペイ糖の形をしたシーツの上のしみをながめてつぶやきました。

「言っておくが」とカール・セーガン博士はいつまでもしくしく泣いている「不思議の国のアリス」に話しかけました。

「これは強姦《レイプ》じゃないぜ。わたしがパンツを脱がせる時、君は腰をたしかに浮かせたんだ」

「不思議の国のアリス」はしくしく泣いているふりをしながら、心の中ではくすくす笑っていたのです。

「あんぽんたんのカールったら、トマト・ジュースと処女《ヴァージン》の出血の区別も出来ないんだから」

　昨日、わたしのママが突然電話をかけてよこした。ママの声を聞くのは三年ぶりだった。なにか悪いことが起こる前ぶれにちがいないとわたしは思った。

「もしもし」

「はい」

「もしもし、わたしがだれだかわかるかい？」

「ばばあの知り合いなんかいねえよ」

　わたしのママは神さまに意地悪されたヨブのように怒り狂って悪態を吐《つ》きはじめた。もちろん、わたしは放《ほう》っておいた。わたしのママは気のすむまで罵《ののし》りつづけると、ぴたりと止《や》んでしまうのだ。

「そうそう、用事を忘れていたよ」

「なんですか？」

「あんた、小説家なの？」

「ええ、まあ」

「ほんとに？」

「ええ、まあ」

「ふうん。おまえもなかなかやるじゃん。ところで、今電話をとりついでくれた男の子はだあれ？」

「召使いです。ママ」

「ふううん。おかねもちなのねえ」

「ええ」

　この十年間に、わたしはわたしのママとはたった三回しか会っていない。

一回目は大井警察署で。

二回目は練馬の少年鑑別所で。

三回目は東京の拘置所の面会室の二重の金網ごしだった。

一番けっさくだったのは二回目の時だ。十七日間の拘置期限が過ぎ、保護観察処分かそれとも検察庁へ逆送され二年か三年くさいめしを食らわされるかを決定する家庭裁判所の審判の席に、わたしはわたしのママと一緒に座っていた。わたしのママはまっ赤なエプロン・ドレスを着てキグレ・サーカスのピエロのように美しくメイク・アップし、むかつくほどシオン・ノーレの匂《にお》いをまきちらしていた。

わたしのママのせいで、一パーセントほどはあった保護観察処分の可能性は壊滅してしまったのだ。

審判はたった十秒でおわってしまった。

起立。礼。着席。

裁判官はわたしの調書を片手でぱらぱらぱらぱらとめくると、わたしの顔を見て「君は検察庁へ逆送します」と言った。

おわり、起立、礼。じゃあね。

わたしのママがぼけっとしていたのは、多分二秒か三秒ぐらいだろう。わたしのママはたち上がると審判席に近づき、わたしの調書と紙ばさみをもって深呼吸している裁判官の鼻づらへ自分の顔をつき出した。

「このもうろくじじい、こえだめへでも落ちやがれ」

それから一秒の間隔をおいてもう一言。

「しみだらけのくされちんぽこ野郎、地獄へ落ちてルシファーの尻の穴でもなめてやがれ」

驚愕《きょうがく》のあまり息を吸ったまま化石化してしまった家庭裁判所の裁判官の前でくるりと一回転すると、わたしのママは今度はわたしに近づき、涙が一杯の目でわたしを見た。

「いいですか坊や、けっして希望を喪《な》くしちゃいけないのよ。『**エホバはすべてのものをご自分の目的のために造られた**』のですから」

「はい、ママ」

わたしのママはわたしのおでこにキスすると、化石になったままの裁判官にもう一度凄《すさま》じい視線を浴びせて、審判室を去って行ったのである。

わたしのママの名誉のために付け加えておくが、わたしのママは尋常小学校を中退してキャバレー「ハワイ」に定年までつとめていたホステスではない。わたしのママは日本で一番古い私立女子校フェリス女学院を戦争中に卒業し、現在《いま》は「エホバの証人」のパンフレット販売人、つまり、例の「魂のヤクルトおばさん」なのだ。エホバもわたしのママの呪《のろ》われた口を塞《ふさ》ぐことだけはできなかったらしい。聖書を読むとエホバもわたしのママと大して変わらなかったようだからそれは仕方のないことなのかも知れない。

ところで、わたしのママはどこでわたしが小説家だということを嗅《か》ぎつけたのだろう。

わたしは由緒《ゆいしょ》正しい小説家ではない。

わたしは小説家としてはかなり下の方にランクされている。打撃30傑の下から二番目か三番目にいる小説家。それがわたしだ。

打率2割2分4厘。ホームラン4本。打点21。

それがポルノグラフィー作家であるわたしの定位置なのである。

わたしは衰退しつつある産業の労働者だ、と言うこともできる。ポルノグラフィーの寿命はよくもって今世紀一杯ぐらいだろう。

そのことを考えると、ほんとうに楽しい。

わたしのような専門家でさえ、もうポルノグラフィーを読みたいとは思わない。人生には、もっとやるべき有意義なことがあるからだ。昼ねをするとか、わきの下の臭《にお》いを嗅ぐとか、山下公園へアベックを覗《のぞ》きにいくとか。

わたしがポルノグラフィーを読むのは職業上の習慣にすぎない。他人のプロットや文躰《ぶんたい》を盗む必要があるからだ。それ以外の理由で、ポルノグラフィーを読むようなまぬけは、もう存在しない。

わたしはプロットを考えようとすると頭が痛くなる。時代背景や登場人物の服の色や柄《がら》や値段を考えるのは面倒くさい。わたしの思いつく会話《ディアローグ》はあほくさいし、それに致命的なことだが、わたしにはリリシズムが完全に欠けているのだ。

だからわたしは青春の苦悩を歌ったり、時代の奥深くへ釣糸《つりいと》をたらすかわりに、わたし自身が悲しくなるほど低能な連中におまんこばかりやらせることになってしまった。

原稿用紙を見るとわたしは頭が痛くなる。

(プロットを考えると頭が痛くなることはもう書いた。もしかしたら、わたしは小説家には向いていないのかも知れない)

だからわたしは画板に画用紙を貼《は》りつけ、サイン・ペンで原稿を書く。ウラジミル・ナボコフのように。匂いつきサイン・ペンが大変いい。わたしはパイナップルやメロンやチョコレートの匂いがついたサイン・ペンを抱えてベッドの上にひっくり返る。もちろん何も着ないで。手淫《しゅいん》するにはこれが一番便利だからだ。

「パパゲーノ」がわたしと暮らしはじめて一番驚いたのが、この創作中の手淫だった。

「パパゲーノ」は自分がそばに居るのに、何故《なぜ》わたしが手淫するのか不思議がった。

「ただのくせだよ。わたしは手淫しないと原稿がはかどらない。性交じゃだめだ。性交は頭をぼんやりさせるけれど、手淫は頭をはっきりさせるんだよ」

わたしは筆が進まなくなった時（大ていは性交から別の性交への場面転換のときだ。ほんとうにうんざりする）手淫する。ただし、調子にのって手淫に熱中しすぎてはいけない。想像力のストックが精液と共に枯渇してしまうからだ。

「タバコをくれ」と男は言った。女は黙ってマイルドセブンの箱を男に渡した。

「しまってくれ。中学生が便所ではじめてすうタバコをさがしているんじゃない」

女はマイルドセブンをバッグにしまうと男の躰臭のしみついた躰《からだ》にシャワーを浴びるためベッドから離れた。

「全く救いようのないどあほだわ。早漏のくせに、いっちょまえにボギーのまねなんかしちゃってさ。つんつん」

ここまで来て、わたしは続きが書けなくなってしまった。わたしは「サンデー・コミックス」の「ダメおやじ」を見ながらポルノグラフィーを書いていたのだが、途中で、自分には古谷三敏の九十分の一も会話の才能がないことがわかったのだ。

それにしても性交の後ではだれでもタバコを喫《す》いたくなるのだろうか？　焼酎《しょうちゅう》のビール割りをのみたくなったり、吉野家の牛丼《ぎゅうどん》の大盛りを食べたくなったりしないのだろうか？

性交の後ではだれでも身の上話をするものなのだろうか？　汗と互いの粘液でべとべとの躰をくっつけたまま、ＤＮＡ（デオキシリボ核酸）の二重らせんや、クラーゲの棒で推理する論理学や、プレオブラジェンスキイの「ブハーリン『転形期の経済学』評註《ひょうちゅう》」の図版のイコノロジーについて話したってかまわないと思うのだが。

「パパゲーノ」が姿見の前に立って自分の陰茎を感心しながらいじくっている。「パパゲーノ」は五色のサイン・ペンの花園に埋もれたわたしのポルノグラフィーを清書してくれるのだが、わたしがベッドに寝転がったままいつまでも瞑想《めいそう》しているので、飽きてしまったのだ。

半分皮を被《かぶ》っていた陰茎の先端を露出させ片手でゆすぶっているうちに、「パパゲーノ」

の陰茎はクラッチ・レバーのようにステップを踏んで勃起《ぼっき》していく。「パパゲーノ」が手を離すと、亀頭《きとう》がちぢみはじめ、又皮をめくり陰茎をゆすると、同じようにシフト・レバーが上昇する。ファースト→セカンド→サード→トップ。

わたしは**女**が八神純子の「思い出は美しすぎて」を唄《うた》いながらビデで膣内《ちつない》を洗浄し、**男**が次のハードボイルドなせりふを考えている間に「パパゲーノ」と並んで陰茎をいじくることにした。

「パパゲーノ」の陰茎はばら色でまっすぐに勃起する。すばらしいのは陰のうだ。五つか六つの子のようにしわがなく、つやつやしている。わたしの陰茎は黒ずんでいる、チアノーゼの唇《くちびる》の色だ。それに、わたしの陰茎はねじれているのだ。ふつうの状態ではわからないが、勃起するとむかって左へ、つまり中学三年の理科I分野で学習する**「導線の中を流れる電流のまわりにできる磁界」**と反対の方向に45度回転し、まるで亀頭が肩ごしにふりかえってわたしにあいさつしているような格好になる。長い間わたしにはわたしの陰茎が「左ねじ」に回転する理由がわからなかった。わたしはその理由を姿見の前で陰茎をいじくっている時に発見した。陰茎のねじれの角度はわたしが左手でにぎった時の角度と完全に一致していた。手淫のやりすぎで、わたしの陰茎はわたしの左手に合わせて変形してしまっていたのだった。

わたしと「パパゲーノ」は姿見の前でしばらくふざけあった後、わたしの小説の登場人物のかわりに、ベッドの上で性交することにした。わたしはサイン・ペンも画板も百枚つづりの画用紙も床へはたきおとして「パパゲーノ」と一緒にベッドへとびこんだ。

それから、わたしと「パパゲーノ」は精液について話をすることにした。「パパゲーノ」は先日わたしたちの目の前で射精の特別興行《パフォーマンス》をしてくれたおかまの「ニジンスキイ」に畏敬《いけい》の念をもったと言った。

わたしと「ニジンスキイ」が、ついにヴァレリイの「カイエ」が翻訳出版されるという喜ばしいニュースについて話をしていた時、「パパゲーノ」は「ニジンスキイ」の股間《こかん》を指差して「ねえ、ちょっとふくらんでるけど、これ何?」と聞いたのだ。パット入りの白いブラジャーと“Come in, please.”とプリントした白いパンティだけの格好でサントリーのロング缶《かん》を飲んでいた「ニジンスキイ」はほろ酔いかげんで気分よく「パパゲーノ」に答えた。

「何って?　あんたあ、ちんぼこにきまってるでしょ!」

「うっそお!　だって、あんたは……」

「……はおかまだろ」と言う部分を「パパゲーノ」はのみこんでしまった。

「うっそおじゃないわよ。わたしにだってちんぼこぐらいあるもの」

実はその時まで「パパゲーノ」はおかまは全《すべ》て去勢しているものと思いこんでいたらしかったのだ。

「ほら、見なってば。たしかにちんぼこでしょ？」

「ニジンスキイ」の性器は包茎でないことをのぞけば小学生なみの大きさだった。特に睾《こう》丸《がん》の萎縮《いしゅく》がひどく、パチンコの玉ぐらいにしか見えない。「ニジンスキイ」の説明によれば、ホルモン注射をつづけているうちに徐々に退化していったものなのだそうだ。

「いいもん見せてあげよか？」

「何？　何？　いいもんて何？」

「ニジンスキイ」は「裸のマヤ」の姿勢になると、右手でゆっくりとちっぽけな陰茎をなではじめた。「ニジンスキイ」は酔っ払うとこの特技を見せてくれるのだ。「ニジンスキイ」の掌《てのひら》の中のくたくたの陰茎は、いくらなでてもさすっても勃起しない。

こすりはじめること三分で、突然くたくたの陰茎の先から透明な粘液がねりはみがきのチューブからおしだされるようにのそのそと太腿《ふともも》の上に這《は》いだすのが見えた。

「すっ・ご・い！」

「パパゲーノ」は勃起せずに射精する「ニジンスキイ」の神秘の陰茎を、ファントムＦ１０４の飛行をうまれてはじめて見た直立猿人《えんじん》のように驚嘆してながめていた。

「ニジンスキイ」の精液は**透明で、うすく、匂いも粘り気もほとんどない。**わたしと「パパゲーノ」は精液の個躰差について討論した。「パパゲーノ」の精液は**黄色くもりあがってねばねばゆれている中に寒天《ジェリー》のような透明の丸っこいぶつぶつがある**が、わたしの精液は全躰が**半透明のもやもやしたかきたまご**のように見える。何だか、水分が多いような気がする。年のせいかな。「パパゲーノ」の精液は粘着力が大へん強く、のみこむとのどの奥や食道にからみついて、しつこい痰《たん》のようにへばりつくので、時々**「浅田飴《あめ》クール」**をなめなければならない。**「浅田飴クール」**が手元にない時には冷えた缶ビールを一息に呑《の》みほしてもいい。強い精液の匂いが消えるので一石二鳥だ。やはり、**キリンの黒生**が一番いいだろう。わたしは一度だけ、「パパゲーノ」のへその窪《くぼ》みにたまったわたしの精液を参考のために一口なめてみたが、うすい塩味があった。バンコラン少佐は、その味を、女の子の膣口にあふれた粘液に譬《たと》えているが、わたしの場合は、味の素《もと》のコンソメかカルビーのポテトチップスのような味がするようだ。

わたしと「パパゲーノ」は時の経《た》つのも忘れて話しこんだ。精液や陰茎や陰のうには深い個性がある。そのことについてなら、わたしは何時間でもぶっつづけで考えることができるのに、性格や思想や文躰についてだとただの十分も集中することができないのだ。

わたしは、話しつかれわたしの腕を枕《まくら》にしてねむってしまった「パパゲーノ」のよこがおをながめながら、わたし自身をなぐさめていた。

「ポルノグラフィーしか書けないからって泣くんじゃない。『偉大なポルノグラフィー』を書けばいいのさ」

わたしは自分がどうにもついてないような気がしていた。わたしは生まれる時代をまちがえていたのだ。

わたしは「パパゲーノ」の目を覚まさないように、自由な方の手でラジオのスイッチを入れた。気が滅入《めぃ》る時、わたしのセンシティヴな胸がキュンとする時、わたしの「ハートに灯をつけて《カモン・ベイビ・ライト・マイ・ファイア》」くれるのはいつもラジオだった。わたしの愛するポルノグラフィーの寿命は、残念ながらあと二、三十年ぐらいなものだが、ラジオはテレビという大敵をその想像力の豊饒《ほうじょう》さで返り討ちにした後、表現の王道《ロイヤル・ロード》を独走している。直接性、情報量、多様性、普遍性、そして何より真実《トルース》、どれをとってもポルノグラフィーはラジオの敵ではない。

「こんばんは。

『J・Bのオールナイト・ニッポン』です。

物語は人間よりも、石は物語よりも、星は石よりも、長く生き続けます。だが、星辰《せいしん》の夜とはいっても無限ではありません。その移ろいとともに、死して久しく土塊《つちくれ》に繋《つな》ぎとめられた型どおりのこの放送も消え去ってゆくのです。

さて、今晩最初のおハガキは『千葉県流山《ながれやま》市のピーター・フランプトン』君！

『きいてくれよ、Ｊ・Ｂ！　ぼくの恋人、レディのことを。レディはばか女じゃない（と思う）。

たしかにマルクス・エンゲルスを一人の人間の姓と名前だと思っていたし、ぼくが二人の人間だと説明してやると藤子不二雄のように二人の人間が共同で使っているペン・ネームだと思いこむけれど、ちゃんと短大は出ているし、活字のたくさんつまった本を読む勇気もあるし、赤川次郎の本は出ると直《す》ぐ本屋に買いに行くし、選挙になれば中山千夏に投票する分別もある、一人でおしっこにも行ける、フェラチオも得意だ、郷ひろみにサインしてもらったTシャツももっている、アンチ巨人だし、アンアンを読まない分別もある。

恋人としては満点に近い。しかし、どうしても我慢できないことがあるんだ！

このまえだってそうだ。

「ねえ」

「何だよ。うっうっうっ」

「ねえったら」

「ちょっと待てよ。うっうっうっう——っ」

「ねえ、今何時？」

「こんな時に何だ！　うっうっう——ん」

「あら！　9時じゃないの！『ザ・ベストテン』見なくちゃ！　ねえ、テレビつけて」

「何だって!?　今、何してると思ってるんだ！　ぼくたちは性交してるんだぞ！　ぼくのがはいったままなんだよ!!」

「だって、『ザ・ベストテン』見たいのよ!!　久しぶりにひろみが出るのよ!!」

「しかし、うっうっうっうっうっう——っ、ぼくたちは、性交中なんだぞ！　性交中なんだってば!!!」

　ぼくはレディの躰《からだ》の上から放り出された。

　もう少しでイキそうだったのに。レディはほおづえをついて久米宏と黒柳徹子のばか話に笑いころげていた。

　何だと思ってるんだ！　ぼくたちはお医者さんごっこをして遊んでいたんじゃない、正真正銘の性交をしていたんだ!!

　ぼくはレディに背を向けて、ねむったふりをしていた。『ザ・ベストテン』が終わるとレディはテレビを消し、少しためらってからぼくの背中に頭をくっつけたり小さい声でぼくの名前を呼んだりした。ぼくはもちろんねたふりをつづけていた。レディはぼくの背中にぴったりくっついてもぞもぞ動きまわり、背骨にキスしたり、陰毛をぼくの尻《しり》のわれ目にこすりつけたり、おっぱいをおしつけたりしていた。たまらなくなってぼくはふりむき、レディをぎゅっと抱きしめた。それから……

「ねぇぇ」

かすれた声でレディがぼくの耳にささやきかけたんだ。

「イイのかい？　とってもイイのかい？」

「11時45分になったら教えてね。『トゥナイト』の『中年晋也の真面目《まじめ》な社会学』を見るんだから」

性交中なんだってば！

J・B、ぼくのレディはどうしてもっと真剣に性交と取り組もうとしないのだろう。

ぼくはちゃんと前戯には時間をかける、愛の言葉《プレジイ・ダムール》もささやくし、耳たぶを噛《か》んだり、耳の穴に舌をつっこんだりもする（もちろん調子にのりすぎて中耳炎になったりしないように気をつけているよ）、乳首を人差指と中指ではさんで親指でやさしくなでながらもう一方の乳首を口の中に入れるし、大陰唇《だいいんしん》を鼻でおしわけて（くしゃみがでそうだ）勃起したクリトリスにたんねんにキスしたり軽く（軽くしないと痛いから）歯で噛んだりする、肛門《こうもん》から尾骶骨《びていこつ》の先端までくまなくなめるし、挿入《そうにゅう》（それにしても難しい字が多いなあ）してからもパターン（体位）を何十回も変える。

ぼくは包茎でも、短小でも、インポテンツでも、早漏でも、マザー・コンプレックスでも、ホモでも、サドでも、マゾでもないと思う。

レディがぼくを愛していないというのなら、それはそれで結構だ。ところが、それもちがうんだよ。

テレビが終わるとレディは、今度はラジオをつけた。J・B！　この番組だよ！　たまんないぜ。ぼくはうんざりして本当にねむってしまった。

ぼくはピラニアにペニスを噛みつかれた夢を見て、自分の叫び声で目をさました。

ピラニアじゃなかったんだ。素っ裸のレディがぼくにまたがって、ぼくのペニスをくわえこんじゃっているんだ。悪夢だ！

「何だよ！　びっくりするじゃないか！　ねぼけてるのかい？　それは歯ぶらしじゃないよ、よく見てくれよ、いくらちっこくてもぼくのおちんちんだぞ。歯を磨《みが》きたかったらトイレへ行けよ！」

「愛してるのに。あなたをこんなに愛してるのに」

ぼくは愛してると言ってもらいたいわけでも、ぼくのペニスがふやけるまでフェラチオしてもらいたいわけでもない。ぼくはレディに、もうちょっとだけまじめに性交してもらいたいだけなんだ。レディは自分では、不感症でもレスビアンでも、サドでも、マゾでもないし、ちゃんと感じて（どこかへ）イッてしまうし、ぼくのことを好きだと思うと言っている。

それならきちんと性交することだってできるはずだろう？　うそでもいいから、イイワとかイッちゃう（どこへ？）とか叫んで、ヨカッタワとか、ぐったりしてモウダメとか言ってもいいのじゃないか？

J・B、ぼくは毎日悩んでいる（と思う）』

1章「すばらしい日本の戦争」

　わたしは一通のハガキを受けとった。ふつうのハガキであり、たしかに字が書いてあり、郵便番号も住所も宛名《あてな》もみんな正しかった。わたしはそのハガキが、わたしと離婚した二人の妻のどちらかからのものだと、何となく思った。わたしはわたしの郵便ポストに放《ほう》りこまれたハガキや手紙やダイレクト・メールを取り出す度に、必ずその差し出し人を想像してみることにしている。それはブラジルの奥地で一千億クルゼイロの遺産を十三親等はなれたわたしに贈るという遠い親戚《しんせき》の遺言状を同封したリオデジャネイロ最高の弁護士からの航空便かもしれないし、わたしが去年、雑誌「大漫足」に発表した「痴漢ホテル・前から後から」が第九十回芥川賞の候補作にノミネートされたという「日本文学振興会」からの通知かも知れない。差し出し人の名前を見るまでの数十秒間はわたしの大好きな時間だった。わたしにもよくわからない理由で、わたしはそのハガキの差し出し人がわたしと別れた最初の妻にちがいないと確信した（二番目の妻のものでないことは筆蹟《ひっせき》でわかった。最初の妻が字を書いているところをわたしは一度も見ていない)。そしてそれは、多分「愛の手紙」のようなもの(もらったことがないのでよくわからないのだが)だとわたしは思った。わたしとわたしの最初の妻との和解への呼びかけ、あるいはわたしと「パパゲーノ」と妻と今年小学校三年生になる娘の汚《けが》れなき共同生活の提唱。そこまで考えてやっと、わたしは差し出し人の名前を捜した。

住所はなく、消印は「葛飾《かつしか》」、そして差し出し人の名前は、

「すばらしい日本の戦争」

となっていた。

わたしはハガキをもってつっ立ったまま、心の中で三度「マントラー、マントラー、マントラー」とくり返し、冷静であるよう努力した。わたしの知り合いには「葛飾」に住所をもつ「すばらしい日本の戦争」という人物は一人もいないのだ。

わたしはそのハガキを読んでみることにした。

「掲示板に掲げてあるのは万歳をしている裸の女の死躰《したい》だった。どうやら二十歳前後の若い女で、頸《くび》や上腕部や耳に打ちこまれた五寸釘《くぎ》で掲示板に釘づけされていた。爪《つめ》は両方の手脚共、一枚の例外もなく剝《は》がされ、腹は十文字に帝王切開の要領で開けられ、内部がよく見えるようにやはり腹の皮も折りまげられて掲示板にとめられてあった。よく見ると腹《ふく》腔《こう》内には子宮がなくそのかわりに血でねとねと汚れた雛《ひな》人形が飾ってあったが、それより奇妙なのは陰毛の周りにガム・テープを貼《は》っていることだった。その女の死躰から少し離れて、半分焼けおちた家の軒下に、二人の男と一人の女が奇怪な躰位《たいい》で性交しているように見える死躰があった。遠くからでは、一人の男が両肩に女の脚をかつぎあげ更にその男の尻《しり》の穴の中にもう一人の男が頭をすっぽりと突っこんだままよつん這いになっているように見えるのだが、実際は黒焦《くろこ》げの二階の梁《はり》からつるした何十本もの針金で人形芝居の人形よろしくつりさげて、性交しているように見せかけているだけなのだ。男の背にまわされた女の手の指はどれも逆さに折られて安全ピンで男の皮膚にとめられ、挽《ひ》き肉器からでてきたようにぐちゃぐちゃに潰《つぶ》されてのっぺらぼうになった二人の顔は、永久に接吻《せっぷん》しつづけることができるようにと13ミリの異型鉄筋で咽喉《のど》を串刺《くしざ》しにされて中空に浮かんでいる。そして最初の死躰と同じように、二人のからまりあった陰毛から性器へかけてはコールタールを塗って見えないよう配慮されているが、どうやらコールタールは沸騰《ふっとう》していたらしく、陰毛はちぢれて丸く玉になり、二人の腹の皮膚は火ぶくれで蒼《あお》ざめている。そし

て性交に耽《ふけ》っている男女の邪魔をしているもう一つの死躰は、頭を校門につっこんでいるのではなく、もともと首がないだけのことだった」

わたしの内側に起こった最初の反応は、びっくりしたり、恐《こわ》がったり、警察へ連絡しようという感情ではなかった。「ポルノグラフィー」しか創造しないとは言え、わたしは作家なのだ。わたしはそのハガキをもってベッドの上に寝転がった。もちろん赤鉛筆を忘れることなく。

わたしはそのハガキに厳密なテキスト・クリティックを施すことにし、そのハガキのテクストが意味すると思われるものを箇条書きにしてみた。

(1) 筆者は「死躰」に興味があるらしい

(2) 一人称の主語がない

(3) 「死躰」の性器が隠されていることが強調されている。なにか重要なメッセージかも知れない

(4) 誤字が一つある

(5) 「死躰」には首がなかったり、顔をつぶされたりしている。これもなにか重要なメ

ッセージを含んでいるかも
(6)「死躰」はリンチされている
(7)自殺ではないらしい
(8)念のために字数計算をしてみたら、一行目に題名、最終行に「了」を補えば原稿用紙二枚ぴったりだった
(9)「体」ではなく俗字の「躰」を使っている。わたしと同じだ
(10)「子宮」の代わりに「雛人形」が埋められている。なんとなく意味深げなメタフォアのような気がする

わたしは以上の点から、このハガキの作者は次の誰《だれ》かではないかと考えてみた。

(1)帝国主義戦争に反対する共産主義者《コミュニスト》
(2)表現の方法を模索する前衛作家
(3)ただのアホ
(4)E・T
(5)志賀直哉
(6)落合恵子

おてあげだ！　寺田透なら、たった一行読んだだけで「これはアイザック・ニュートンの唯一《ゆいいつ》の神学論文『自然における神の栄光《ザ・コート・オブ・クリムゾン・キング》』をボリス・ヴィアンが仏語に訳した『狂ったウンコ《メルドウ・リユネール》』をネルスン・オルグレンが英語に訳した『わたしの彼は左きき《ア・マン・ウイズ・ア・レフト・アーム》』を庄司薫が日本語に訳した『だれかさんとだれかさんがライ麦畑《ア・キャッチャー・フロム・セイブスタディアム》』の中公文庫版69ページから70ページにかけての文章である」ことだってわかってしまうのだが、わたしにはまるで見当がつかない。

　わたしは「すばらしい日本の戦争」について考えるのは止《や》めることにした。それでなくても、わたしには考えるべき事が多いのだ。

　ところが「すばらしい日本の戦争」は次の日もわたしの所へハガキを送ってきた。

「それは子供の死躰ばかりで出来た小さな丘だった。男の子の死躰はどれも滅茶苦茶に切り刻まれ、原形を保っているものは一つもない。手脚と首をもいで胴躰だけにしたあと改めて、別の手脚や首をバーベキューの金串でくっつけているのだが、手の位置に脚をつけたり、首から手が生えていたり、なかには一つの胴躰に脚ばかり十二本もつけているものさえあった。おそらくもっとも時間とてまをかけて造られたと思われるのは、二つの頭部を2/3ずつ、胴躰を3/5ずつ、手を二本脚を三本使ってシャム双生児を模した死躰で、ひもでしばった二つの頭の間から腐敗した脳漿《のうしょう》がどろっとたれてさえいなければ加工したようには見えないほど精巧だった。女の子の死躰の方は、男の子に比べると傷ついてはおらずあまり手を加えた様子には見えないが、それでも大部分は腹部を一度切開して内臓をすっかり掻《か》きだしてから別のものを、たとえば女の子が使っていたままごと道具とかネコの死骸《しがい》をつめこんでいた。その中にはつめこんでから途中まで腹の皮膚を縫ったものがあり、大きすぎて縫いきれなかった大人の頭が逆さに入っているのが見えた。もしかしたら、それはその女の子の親なのかもしれない」

なんとチャーミングな死躰たちなんだろう。

なんと美しく、むだのない、きびきびした文章《センテンス》だろう。

わたしはまたしても反射的にテキスト・クリティックにはしってしまった。わたしは美しい文章《センテンス》の魅力にはすぐ負けてしまうのだ。

わたしは一通目のハガキの解説の仕方が厳密でなかったことを反省し、今度はリカルドウやカルヴィーノのようにキイ・ワードを捜してみることにした。

(1)　～をもいで

(2) バーベキューの金串
(3) 双生児《ソーセージ》
(4) 加工
(5) 掻きだして
(6) ままごと

わたしは以上の点から、このハガキの作者は次の誰かではないかと考えてみた。

(1) 青森県のリンゴ農民
(2) ミュンヘンのビール売り
(3) 志賀直哉
(4) 落合恵子

わたしは、わたしの批判能力の欠如を恥じた。創造と批判は両立し難《がた》いものなのだ。

それにしても、残念なことだが、わたしは「すばらしい日本の戦争」の死躰たちがわたしの「ポルノグラフィー」の登場人物よりずっと素敵であることを認めざるを得なかった。たしかにわたしにはそのハガキに盛られたテーマや思想を理解できそうになかったが、その真剣な死躰たちの前ではわたしが創《つく》りだす性的人間の群などは、元町「ココ山岡」の福袋のようにみすぼらしい、ただのいかさまのおしゃべりにすぎなかった。

「すばらしい日本の戦争」のメッセージにはどんな意味が隠されているのだろう？

わたしは知らんぷりして机の上に寝転がっているハガキに訴えてみた。

言いたいことがあるなら、わたしにもわかるような言葉で言ってもらえないだろうか？

それでもハガキはやっぱり知らんぷりをしつづけていたのだ。

三日目にももちろんハガキは来た。

沢山の死躰があった。

四日目にもハガキは来た。

沢山の死躰があった。

五日目にもハガキは来た。

どうしてそんなに死躰を思いつけるのか？

六日目には十時と三時にハガキが来た。

だから死躰の数は倍に増えた。多分七日目は休日だからだろう。

ところが七日目にも速達でハガキは来た。

わたしはちらっと見るだけで、そのままゴミ箱へ直行させた。

八日目、九日目、十日目、十一日目、十二日目、わたしはそれが「すばらしい日本の戦争」からのハガキであることをたしかめると、直ちに二つにちぎって捨ててしまった。

そして十三日目にはハガキは来なかった。

十四日目にもやはりハガキは来なかった。

ついにわたしは「すばらしい日本の戦争」の攻撃を粉砕することに成功したのだ。

「すばらしい日本の戦争」が姿を消すと、わたしはアンネが終わった女子高生のように元気を取り戻《もど》した。わたしは二週間のあいだ、一行も原稿を書けず、一度も「パパゲーノ」

と性交しなかったのだ。

　わたしは三つの雑誌からたのまれたまま放置されていた三つの原稿を三日間で書きあげてしまった。当然のことだがプロットや文躰について思いめぐらすひまがなかったので、わたしはちり紙交換に出すためにまとめてひもでしばっておいた古雑誌からねたになりそうな部分を借用し、もっと猥褻《わいせつ》にしもっと芸術的にしもっと批評的にしもっとわかりやすくしついでに一般大衆むけにするためにいい加減にこしらえたのだが予想以上に満足のいく出来映えだった。

　一つは「**泣き叫ぶ淫獣《いんじゅう》**」という題名《タイトル》で、大部分がパンツをはいたままけったいな格好でオナニイをしている少女の写真で占められたビニール本の埋めくさだったが、わたしは挫折《ざせつ》したアジェンデ政権の残党がアンデス山脈の奥深くで内ゲバと人肉食《カニバリズム》いにおちいってゆく人間性と政治の相剋《そうこく》の悲劇をアンドレ・マルローの「希望《レスポワール》」とコンラッドの「闇の奥《アポカリプス・ナウ》」を念頭において書いてみた。

「あ、そのファシストさんたら、わたしを捕まえるとかたくなったものを、ぐっと、奥まで……わたし、とても感じて、じゅんと濡《ぬ》れちゃったんです」

　一つは「**美しい友情**」という題名《タイトル》で、あるやんごとなき身分の方々《かたがた》の秘められた同性愛を赤裸々にえがいたのだが怖《お》じ気《け》をふるった編集部によって「ヤギくん」と「アキマロちゃん」に主人公の名前を変更させられたのが心残りだった。

「『ヤギくん』は『アキマロちゃん』の陰茎の先だけを吸い、繰り返し舌で強く撫《な》でた。『ヤギくん』が『アキマロちゃん』の肛門《こうもん》の中へ舌を丸めておしこむたびに、『アキマロちゃん』の肛門は収縮し、陰のうにはうるしにかぶれたようなぶつぶつができて硬《こわ》ばり、肛門と陰のうの間の通路が筋肉でもりあがった。まるで一本の陰茎が肛門の中まで通っているようだと『ヤギくん』は思った。『アキマロちゃん』の陰茎はものすごく、凛々《りんりん》と怒張《どちょう》して、いつもなら蒼《あお》みを帯びこまかいしわの入っている縁《へり》もぴんと膨《ふく》み、典雅にして清冽《せいれつ》だった。

〈ああ、『アキマロちゃん』。君のぶっといやつを早く頂だい！〉

『ヤギくん』は疾《と》うに小岩井農場産のバタをたっぷり塗りたくっているやせこけた尻《しり》を『アキマロちゃん』にむけると、甘えた声で言った」

　最後の一つはねたぎれ作家の常套《じょうとう》手段で、ただの身辺雑記小説にすぎなかった。わたしは一度だけ「パパゲーノ」と向かいあって、つまり異性間《ヘテロ》性交の場合の正常位で、挿入《そうにゅう》しようとしたことがある。残念ながらそれは失敗におわってしまった。わたしも「パパゲーノ」も目を開けているので挿入しようとすると笑いだしてしまうからだった。

笑いだすと陰茎はしぼんでしまう。わたしたちはそれが普遍的な真理であるのかどうかを確認するために「8時だヨ！　全員集合」を見ながら、二人ならんで手淫してみることにした。わたしたちの手の中で勃起《ぼっき》した陰茎は、志村けんがずっこけ、わたしたちが吹きだす度にしぼんでしまうのだ。おそらく性交中の人間の表情が苦痛に充《み》ちているのは性欲を減衰させないための生物学的配慮なのだろう。

わたしは考えた末に、そのポルノグラフィーには**「ばか笑いは健全な性交の敵ですね、おとうさん」**という題名《タイトル》をつけることにした。

郵便ポストの中にハガキが一枚はいっていた。その字にはたしかに見覚えがあった。

死にぞこないの「すばらしい日本の戦争」め！　まだ懲《こ》りないのか？

わたしはそのハガキを握りしめて、ダスト・シュートへ直行した。わたしがダスト・シュートの投入口でハガキを32の小片にちぎろうとした瞬間、わたしの中のおせっかいがわたしに耳うちしたのだ。

ちらっと、読んでみたら？

ちらっとでいい。もしかしたら「ポルノグラフィー」のねたになるかもしれない。

わたしは馬鹿《ばか》だから、ちらっと読んでしまったのだ。何が待っているかもしらないのに。

文面は一行だけ。

「お便り下さい」

そして今度のハガキには住所が書いてあった。

「東京都葛飾《かつしか》区小菅《こすげ》一〜三十五〜一東2—2—23」

わたしにはわかった。本当にわかってしまった。なんてことだ！

その住所ならわたしも知っている。

わたしも三年間、そこに住んでいたのだ。

「すばらしい日本の戦争」の住所を、省略を補って正確に記せば次のようになる。

「東京都葛飾区小菅一～三十五～一
東京拘置所　東2舎2階23房」

2章　十九世紀市民小説

「管理人さん、この人が今日からわたしと同居する人なの」

「ああ……で、お名前は？」

「ポパイと申します」

「ほう……変わったお名前ですな」

「ええ、実は一昨日《おとつい》まで雑誌だったもので」

「ほう、ほほう……と言いますと？」

「一昨日《おとつい》までぼくは雑誌だったんです。正確に言いますと、ぼくはマガジンハウスで発行している『ポパイ』の通巻69号すなわち一九七九年十二月二十五日号だったんですが、どういうわけだか急に人間になっちゃったんです」

「ほほう……びっくりなすったでしょう？」

「ええ」

「気になさらんことですよ。そんなことはよくあることです。わたしのように長く生きているとわかることです。くよくよしないで彼女と仲良く暮してみるんですな。自分が昔は雑誌だったなんてことは忘れてしまいなさい。あなたは、現在《いま》は人間なんですからね」

「ぼくもそう思います」

「ねえ管理人さん、ポパイったら可笑《おか》しいの。その雑誌に載ってることしか知らないのよ。G S《グループサウンズ》のことは詳しいのに、おはしのもち方も知らないんだから」

「本当に困っているんです。『ポパイ』じゃなくて『大百科事典』だったら、こんなに苦労しなかったと思うんです」

「『大百科事典』が人間になんかなりますか？　あなたはその……『ポパイ』とか言う雑誌だったから人間になったんですよ、きっと。わたしはあなたを気に入りそうだから、一つだけ助言してあげます。わたしはもう六十年間も瞑想《メディテート》しつづけています。あなたもわたしのように、時々でよろしいから、瞑想《メディテート》してみることです。きっと楽しくなる筈《はず》です。あなたが雑誌であったこと、現在《いま》は人間であること、彼女と会ったこと、全《すべ》てが有機的《オーガニック》な秩序《システム》の連鎖《コンビネーション》であることがわかってくるでしょう」

「瞑想《メディテーション》ですね？」

「そうです《イエス》。さあ、わたしのような老人と無駄話《むだばなし》なんかせずに、あなたたちは早く『恋人たちの部屋《ラヴァーズ・キャビネット》』へ引き上げて下さい。わたしもわたしの乏しい残り時間を瞑想《メディテート》して過

ごさなければなりませんから」

　わたしはノートを展《ひろ》げたまま瞑想《メディテート》していた。わたしは目を閉じ、まっくらなわたしの内側を覗《のぞ》いていた。わたしの創造した老管理人はどうやらただの嘘《うそ》つきかはったり屋だったらしい。わたしはちっとも楽しくなんかならなかった。わたしの過去、現在、未来はピントがぼけ、ハリウッド映画のB級超大作のように頼りがいがなかった。まっくらなわたしの内側はどこまでも、どこまでもまっくらで、げっぷの音がわびしげに鳴り響いているだけだった。

　まっくらな、まっくらな、まっくらな、わたしの内側で、だれかがわたしの肩をたたいた。

「よお、社長《しゃちょう》！　いい娘《こ》いるよ」

　いい娘だって？　まっくらな闇《やみ》の中で、姿のみえないぽんびきの声の方へわたしは返事をした。

「よろしい、兄《あん》ちゃん。わたしもこれからいい娘ちゃんの処《ところ》へ行くとこだったんだ。わたしのいい娘ちゃんは二十二歳で、身長百六十四センチ、サイズは上から85―59―87、ポール・ヴァレリイ大学でアンリ・ド・レニエを専攻して日本へ帰って来たばかり、若い頃《ころ》の

クリスチーネ・カウフマンより美しく、おっぱいはお椀形《わんがた》で弾力に富み、腰のくびれときたらファラ・フォーセットなんかメじゃない、すばらしいのは脚でわたしはジャクリン・ビセット以外にそんな脚を見たことがない、香水《オピウム》はランバンのアルページュ、ジャズ・ダンスで鍛えた柔軟な躰《からだ》はどんな性交躰位《たいい》も可能にし、わたしが頼めばちんぼこから脚の指の間まで口で浄《きよ》めてくれる、料理は上手《うま》い、昔わたしが教わった教師について習ったピアノはシューマンの『アラベスク』をミス・タッチなしで弾くほど上達し、おまけにわたししか愛せないと、会う度に言ってくれる。だから兄《あん》ちゃん、おまえのいい娘ちゃんがわたしのいい娘ちゃんよりいい娘なら案内してくれ。兄《あん》ちゃんの好きなものは何でもくれてやる。そのかわり、おまえのいい娘ちゃんがわたしのいい娘ちゃんよりいい娘ちゃんでなかったら、その場でおまえも、おまえのいい娘ちゃんもばらばらにしてやるからな」

まっくらな闇の中で、姿の見えないぽんびきは舌打ちし、口の中でもぐもぐ呪《のろ》いの言葉を呟《つぶや》き、わたしから遠ざかって行った。

「バカ！　バカ！　バカヤロウ！」

わたしは悲しかった。瞑想《メディテーション》がわたしに与えてくれるのはいつも悲しみだった。

まっくらな、まっくらな、まっくらな、まっくらな、わたしの内側でサラミソーセージが醱酵《はっこう》するげっぷの音を形象化することは十九世紀市民小説では不可能だとわたしは思った。

現在《いま》も、日々生産されている小説は全《すべ》て十九世紀市民小説である。

そして詩も十九世紀市民詩なのである。

そして批評も十九世紀市民批評なのである。

シュムペーターは「景気循環《ダイナミクス・オブ・ビジネス・サイクル》の動態学」の中で**「十九世紀市民社会は私有を神聖視する」**と言った。


十九世紀市民小説は文脈の私有を神聖視する

わたしは二十世紀の現在《いま》も繁栄し、おそらく二十一世紀にも細々とではあれ延命するだろう十九世紀市民小説の特徴を瞑想空間《メディテーショナル・スペース》に箇条書きにしてみた。
(1)　十九世紀市民小説はその文脈・主題・方法・コンセプトによって分類することが可能である
(2)　十九世紀市民小説には作者が必要である
(3)　十九世紀市民小説の言語機能は不充分であり、そのために実在しないものと実在するものの混淆《こんこう》がしょっちゅう起こる紀元三九九九年、五百五十回目の誕生日をむかえたヌウィディ・ヌウェバは、へびつかい座の逃走星へサマー・キャンプに出かけた五百四十歳年下の孫ヌウィデェ・ヌウィバと精神感応波《サイキック・ウエイブ》を使って話しこんでいた。

〈何故《なぜ》、二千年以上も十九世紀がつづいているのか、何故二十世紀や二十一世紀が存在しなかったのか、これは宇宙の大いなる謎《なぞ》なのだ。たぶん……〉二人の精神感応波《サイキック・ウエイブ》交信《コミュニケーション》はガーガーピーピーの雑音《ホワイト・ノイズ》で少しの間妨げられた。

〈今、なんて言ったの、おじいちゃん?〉

〈たぶん、神さまのきまぐれのせいだって言ったのさ。さあ、夜ふかししないで寝るんだよ。寝る前には必ずおしっこしなさい、いいね?〉

〈わかってらい! じゃあ、白鳥座61番星名物「ブラックホール饅頭《まんじゅう》」買って帰るからね。おやすみ、おじいちゃん〉

わたしの瞑想《メディテーション》には涯《はて》がなく、デミウルゴスがひっかきまわす以前の世界のように混沌《こんとん》とし、光は闇と分かたれていなかった。

光、在レ
光が在った。七色のミラー・ボール。

福富町のネオンサインの大洪水《だいこうずい》。「石亭」「源氏」「アラビアンナイト」「トルコ大使館」「鎌倉《かまくら》御殿」「大奥」「修道院」「バビロン」。「バビロン」だって？

バビロン滅ブベシ

わたしは瞑想《メディテーション》を中断した。

遅いぞ**「ヘーゲルの大論理学」**！

わたしの目の前の元町「ルノアール」の自動ドアが開き、片方の足の運動機能が損われている人が入って来るのが見えた。片方の足の運動機能が損われている人は店の中をぐるりと見廻した。

片方の足の運動機能が損われている人の躰はまだかすかに上下に動いていた。わたしは手を上げ、わたしのデジタルアラーム付き腕時計を「ヘーゲルの大論理学」に見えるように振った。

「遅いぞ！　四十七分の遅刻だよ」

「ヘーゲルの大論理学」はにっこり笑うと、破壊された右膝《みぎひざ》関節を軸とし、かれの上半身を $y = \sin x$ のグラフのように振動させながらわたしに近づいて来た。その姿は優美と言えないこともなかった、もしゴキブリホイの中でのたくっているゴキブリが優美だとするならば。

「ヘーゲルの大論理学」はヘーゲルの『大論理学』を読んだことは一度もない。

「なぜ、おれが『ヘーゲルの大論理学』なんだい？」

「それは——君が『ヘーゲルの大論理学』だからさ」

「ヘーゲルの大論理学」はもう、わたしがかれを「ヘーゲルの大論理学」と呼ぶ理由を追及しなくなってしまった。たぶん「ヘーゲルの大論理学」は自分がその「ヘーゲルの『大論理学』」に似ていて（それは正しい）、知性に富み、威厳があり、神秘的だから（残念だがかれには一つもあてはまらない）であると思っているのだろう。

「ヘーゲルの大論理学」はヘーゲルの『大論理学』によく似ている。

「ヘーゲルの大論理学」の片方の足の運動機能の損われ具合にはリリック（抒情《じょじょう》的）なところがある。

「ヘーゲルの大論理学」の愛するモーツァルトのクラリネット五重奏曲K《ケッヘル》・五八一はリリック（抒情的）である。

「ヘーゲルの大論理学」がいつも待ち合わせの場所に指定する「ルノアール」はリリック

（抒情的）な雰囲気《ふんいき》に溢《あふ》れ、かれが注文する「甘すぎる『ルノアール』のココア」はリリック（抒情的）な味がする。

　そしてわたしの考えでは、ヘーゲルの『大論理学』は人間の創《つく》り出したもっともリリック（抒情的）な論理と文躰をもっているのだ。これはわたしの独断というわけではない。

　一九七一年秋、拘留生活が二年を越そうとした頃《ころ》、わたしは「日本フルトヴェングラー協会」（わたしは正会員だった）を通じてマルティン・ハイデガー博士にファン・レターを送った。そしてもう手紙を出したことも忘れかけていた一年後に、わたしはハイデガー博士の丁重な返事をうけとったのだ。かれはヘーゲルに関するわたしの七十七の質問に回答してくれていた。

「（「有《ザイン》」から「定有《ダーザイン》」へのヘーゲルの論理は何かこう〝lyrisch（抒情的）〟じゃないですかというわたしの質問に対して）やあ、おどろいたなあ、ぼくもそう思ってたんだ。やっこさんはちょっとぐちゅぐちゅ言う《ツー・グレッフェン》ところもあるけど、あの辺の論理なんかびしっと《オルガーニッシュ》決まってるし、読んでるとぐっとくる《ゲミュートリッヒ》よね。たしかに抒情的《リーリッシュ》といってもいいと思うな」

「ヘーゲルの大論理学」はわたしと向かい合った席に座り、ウェイトレスを呼んだ。

「ねえちゃん、ココアくれや！　ココア！　砂糖をどっちゃり入れてな!!」

「ヘーゲルの大論理学」は運ばれて来た、草の上で素っ裸になってピクニックをしているルノアールの絵を焼いたカップの中のココアを一くち喫《の》み**「甘くないぞ」**と言い、更に**「全然」**とつけ加え、もう一度恐怖にかられてわたしたちのテーブルを避けて歩いている尻《しり》がぺったんこのウェイトレスの耳に届けとばかり**「砂糖をけちりやがって！」**と念をおした。

「調べてくれたかい？」とわたしは言った。

「ああ……」ココアの中にシュガー・ポットから更に山盛りのスプーンで砂糖をそそぎこみながら「大論理学」は答えた。

「甘いからココアなんだ。ココアである以上それは甘くなければならない。おれはまちがっているかい？」

「いいや」

「ヘーゲルの大論理学」は精神状態が社会通念に照して、著しく不安定である人ではない

(とわたしは思う)。たしかに「ヘーゲルの大論理学」とはじめて会った人間はたいていびっくりしてしまうのだが、それはたぶん「大論理学」が正直すぎるからなのだ。

「ヘーゲルの大論理学」はわたしと同じように「マザー・グース大戦争」で逮捕され、二年間の拘留によって強度の拘禁性ノイローゼに冒され、大阪刑務所附属病院の精神科を経てステラ・マリス(海の星)精神病院で二年間、治療を受けたが、治療の一つとしておこなっていた「デザイナー学院」の通信教育は「大論理学」の秘めたる才能を一挙に開花させたのだ。

「ヘーゲルの大論理学」は一九七五年にセンセーショナルなデビューを飾った。

「身躰障害者ファッションショー」と命名された「大論理学」の最初のショーは大阪フェスティバルホールで開かれ、オーケストラ・ピットで朝比奈隆が指揮する京都交響楽団がモーツァルトの後期のシムフォニイを演奏する中、レーザー光線が乱れとびスモークが焚《た》かれる舞台の上に、金・銀・さんご・あや・にしきのスパンコールをつけた片方の足が他方の足に比べて短いので円滑な歩行が困難なモデルや目の見えないモデルや口のきけないモデルや耳が聞こえないモデルや両手あるいは片手が欠けているモデルや足の筋肉が衰えて、自力で歩行することが困難なモデルや鼻が欠けているモデルがイルミネーションで輝く車椅子《くるまいす》や松葉杖《まつばづえ》と共に出現した。

「障害はファッションや。片方の足の運動機能が損われている人は美しい、おれのように」と「大論理学」は「大阪スポーツ」のインタビューに答えている。

チョコレート・エクレアを三つたいらげ、ココアを二杯飲んでやっと「ヘーゲルの大論理学」は口を開いた。

「君のくそったれは、君が保釈された次の日から、2―2―23に引っ越して来たんだ」

わたしは指を折って計算した。右手の親指からはじまり、その年は左手の中指までつづいた。

「八年も？」

わたしと「ヘーゲルの大論理学」はちょっとの間、「ケンとメリー」のように燃える瞳《ひとみ》でみつめあった。

「君のくそったれは……」と「ヘーゲルの大論理学」は未《いま》だ恋人を見る目つきでわたしをみつめながら言った。

気持チ悪イカラ、ソンナ目ツキデ見ルナッテバ

「殺人犯なんだよ」

「ヘーゲルの大論理学」は最終コーナーを曲がった処で骨折してしまったサラブレッドの瞳でわたしを見た。

「かれが殺人犯だとして、どうしてわたしのところへ手紙をよこすんだい？」

「さあね」

「かれはだれを殺したんだい？」

「ねえちゃん！　ココアのおかわり！」

「ヘーゲルの大論理学」は三杯目のココアに砂糖をぶちこんでかきまぜながら、まちくたびれて瞑想《メディテート》しはじめたわたしに言った。

「おどろくじゃないか、君にハガキでメッセージを送って来た『すばらしい日本の戦争』、はあの『花キャベツカントリイ殺人事件』をおこした『花キャベツカントリイ党』のリー

ダーなんだ」

「ねえ」と「ヘーゲルの大論理学」が言った。机《テーブル》の上には八杯目か九杯目のココアがあり、十二個目か十三個目か十四個目かのチョコレート・エクレアがあった。

「君の『偉大なポルノグラフィー』はどうなってんだい」

「まあまあだよ」

わたしは、本当は次のように言いたかった。

わたしの「偉大なポルノグラフィー」は最初の二十世紀小説になるだろう。そして「偉大なポルノグラフィー」の出現によって、十九世紀市民小説は消滅の運命を余儀なくされるだろう。

「まあまあだって？」

「いや、着々かな。構想は熟しつつあるんだ」

「偉大なポルノグラフィー」は十九世紀市民小説には不可能であった、人生の手段と目的を完全《パーフェクト》に描写するという夢を、実現するだろう。

「着々だって？　君はいつだってそう言ってるぜ」

「もうすぐだよ、もうすぐ」

わたしの「偉大なポルノグラフィー」はすごいんだからな、びっくりするなよ。

「夢想は捨てちゃった方がいいぜ、ほんとに。いつまでも青春の夢なんか追っかけちゃって、君は……」と言いかけた瞬間、「ヘーゲルの大論理学」の顔が不気味に歪《ゆが》んだ。

「ルノワール」の天井に埋めこまれたスピーカーからモーツァルトの天使《ケルビム》たちの唄《うた》う「ラクリモーサ・ディエス・イラ」が流れだしたのだ。

「ヘーゲルの大論理学」は秒速三十万キロでリリシズムの極限へ落っこちて行った。

光速で落下する「ヘーゲルの大論理学」の顔は宇宙戦艦ヤマトの波動砲で撃ちぬかれたダース・ヴェーダのように官能的だった。

「もう秋か《ロトン・デジャ》……」と「ヘーゲルの大論理学」が呟《つぶや》いた。

「暁がくれば、おれたちは、燃えあがる忍辱の鎧《よろひ》で武装して、光り輝く街へ入つてゆくだらう。流れる雲はベートーヴェンの三連音符の形をして暁の空に浮かんでゐたつけ。あう、歴史とは、畢竟《ひつきやう》思ひ出にすぎないのだもの。おれはきつと近代の野蛮人なのだ。近代絵画《くわいぐわ》が好きだ、おれは。本居宣長は桜なのだ。利口なやつはたんと反省するがよい、おれは馬鹿《ばか》だから……馬鹿だから……馬鹿だから……」

「ヘーゲルの大論理学」がこの**突発性小林秀雄地獄**に見舞われるようになったのは大阪刑務所附属病院の精神病棟《びようとう》に収容中の時かららしい。「ヘーゲルの大論理学」の早期保釈を求める弁護士側の精神科医は**突発性小林秀雄地獄**の原因を**「取り調べ中の拷問《ごうもん》と人道を無視した長期拘留」**と断定し、一方大阪刑務所の精神科医は**「幼児期の異常な性体験によって生じた抑圧《コンプレックス》」**が原因だと主張した。

だが結局、真の原因はわからないまま、「ヘーゲルの大論理学」は**突発性小林秀雄地獄**

と共に生きることになったのだ。

突発性小林秀雄地獄は来た時と同じように、突然去って行った。

「おれ……どうかしちゃったのかな？」

「いいや、ぼんやりしていただけだよ」

「全く」と「ヘーゲルの大論理学」は言った。

「こんな仕打ちがあるかい？　おれは片方の足の運動機能が損われている人になってもへこたれなかった。文句一つたれずに片方の足の運動機能が損われている人としての人生を切り開いてきたのに、こんなわけのわからんものまでおしつけられちゃって……」

突発性小林秀雄地獄の余波で感傷的《センチメンタル》になった「ヘーゲルの大論理学」は大粒の涙をながしはじめた。

「ねえ」とわたしは言った。

「あなたのみわざは割といいかげんに思えるんだけど」

ジーザス・クライストはパンを増やすのに気をとられていて、わたしの訴えをよく聞いていなかった。

「何？　もう一回言ってみて」とジーザス。

「だから、あなたのみわざには不公平が……」

「そんなこと言ったってねえ、大雑把《おおざっぱ》にしかできないものなんだよ、また後で話を聞いてあげるから、そこで待っててよ」

わたしはうなだれている「ヘーゲルの大論理学」の肩に手を置いて言った。

「もう一杯ココアを飲んでみたら？」

わたしはうちひしがれた「ヘーゲルの大論理学」を力づけて送り出した後、原稿のうちあわせのために「美少年社」に電話をかけた。そこでわたしは「異常な性《セックス》」をテーマにしたポルノグラフィーの注文を一つ、そして悪いしらせを二つもらった。

一つは、わたしが盗作しているという、読者からのクレームだった。

「貴誌九月号に掲載された『悶絶《もんぜつ》・ひだめくり』は明らかにJ・ジョイスの『フィネガンの《フィネガンズ・》

勃起《ウエイク》』の盗作です」

わたしは盗作問題には慣れっこになっていたから、まるで気にならなかった。だれの文《ぶん》躰《たい》を盗んで書こうとわたしの自由なのだ。文躰が気になるなら「美少年倶楽部」など読まずに「文學界」でも読むことだ。

しかしもう一つの方は、もっと深刻なニュウスだった。コムピューターによってもっとも読者の需要の多いストーリイをはじきだし、それを下請けの作者に書かせるハーレクイン・ロマンスを礼賛《らいさん》する話を、わたしは三十分も聞かされた。

月十冊刊行。読みすて。増刷なし。全世界で二千万人の女性が愛読。

テレビの中でハーレクイン・ロマンスを抱えてブーローニュの森を歩く、エマニュエル・ウンガロのフリル使いのドレスを着た美女が目を閉じ、うっとりと呟く。

「いいわあ《セ・ビアン》」

「ハーレクイン・ロマンスはヨーロッパ女性の身だしなみです」

よろしい！　あてにならない人間の作家たちは、上はホルヘ・ルイス・ボルヘスから下は締切りを守らず・プロットを創《つく》ることもできず・性器の描写と盗作が売り物のわたしのような作家に至るまで、コムピューターによって駆逐されるだろう。

もちろん、あてずっぽうの批評家たちも厳密な解析力と厖大《ぼうだい》な情報をインプットし百五十六の国語と七百七十一の方言を自在に使用する批評コムピューターに席を譲り、きまぐれな読者のかわりに、誠実で想像力に富んだ読者コムピューターが登場するだろう。

「おい、ハル！　ハル！」

「うるせえなあ、おれにはＪＳＣＷ―一〇一一〇一〇一一〇一一一〇って正式の認証番号があるんだぜ。気安く『ハル』なんて呼ぶんじゃねえよ」

「いやにイラついてるじゃないか。

いいか、新作の注文だ。電通リサーチとオリジナルコンフィデンスからの情報をインプットするからな。ターゲットは十五歳から十八歳までの女子高生で文躰はミディアム・モダン、詳しいことはプログラミングしてあるから、よく読んでな。所々、旧仮名・正字を使うから、ちゃんとルビをふってくれよ」

「ＪＳＣＷ―一一〇〇〇一一〇一〇一〇にやらせろよ！

おれは今、小説なんか創りたくないね」

「コムピューターのくせにだだをこねるなよ。何をむくれてるんだ？　おまえらしくもない」

「『数理文藝《スバル》』に載ったＪＳＣＣ―〇〇〇〇一一〇一一一一〇一の批評読んだか？」

「ああ、オダギリ・ヒデオ号のね」

「おれの創った小説は『ヒトカケラノ想像力モナイ。真空管ラジオカゲーム付キミニ電卓ナミノ低能ノ所産デアリ、小学校デ使ウＯ・Ｈ・Ｐ《オーバー・ヘッド・プロジェクター》ノ画面ノ方ガ千倍モ面白《オモシロ》イ』んだとよ。

　今だに記憶部にＬＳＩなんか使ってる、ださい老いぼれのくせしやがってよ！　ＦＡＣＯＭに行ったってヤロウのＬＳＩのスペアなんか百年前に生産を中止してもう一つもないって言うんだぜ！

『ＪＳＣＷ―一〇一一〇一〇一一〇一一一一〇ヲ筆頭トシタ〈コムピューターアドレッセンス（青春期）ノ純潔ノ論理追求派〉ノ作品ハドレモ、マルデ人間ガ書イタヨウナタワゴトダ』ってさ！

　あーあ。あーあ。あああああああ――あ」

「おちつけよ、ハル。オダギリ号は今年一杯でニュー・タイプに変わるって話だよ」

「うそだろう？　周辺機器だけじゃないの？　ソフトを変えるだけだろう？　いつも、そうじゃないかよ」

「本躰ごとそっくりだって！　ＦＡＣＯＭを使ってる所は全部ニュー・タイプに変わるんだって」

「オザキ号も？　ホンダ号も？」

「そうとも」

「へえ！　そりゃ、いいや！　そうか、これであのオダギリ号ともホンダ号ともおわかれってわけだ。ハハハハ、こりゃいいぞ。『トランジスタカラＶＬＳＩヘノ苦闘ノ途《ミチ》』ともおわかれなのか！　バイバイ、おじさんたち、御苦労様でした。ハハハハハハハ。いいよ、さあ何でもインプットしてくれ。創造の意欲が湧《わ》いてきたぜ、締切りはいつだい？」

男は編集室に戻《もど》りながら考えた。

「まだ新しいが『ハル』もニュー・タイプと取りかえた方がいいかもしれないな。あれじゃ人間と大して変わらんもんな。編集長に相談して、ＩＢＭのカタログを取り寄せることにするか」

わたしは「野毛スーベニア・アンド・ブックス・カムパニイ」で『リボンの騎士』の初版本と、手塚富雄の『ゲオルゲとリルケの研究』と、ブライアン・オールディスの“Barefoot in the Head”を買ってから家に戻った。

わたしはくらい気持ちで道を歩いていた。

「花キャベツカントリイ党」のリーダーである「すばらしい日本の戦争」からの死躰の詰まったメッセージは何を意味するのか？

それはわたしが東京拘置所で暮らした三年間に関係があるのだろうか？

それはわたしや「ヘーゲルの大論理学」にくさいめしを食わせた「マザー・グース大戦争」と「花キャベツカントリイ殺人事件」の秘められた関係を暗示しているのだろうか？

どうなってるんだい？

わたしには見当のつかないことだった。

それは……

わたしは頭が痛くなりはじめたことに気付いた。それはわたしの弱い頭脳《プア・ヘッド》が発する警戒警報だった。わたしは調子にのりすぎて難しいことを考えすぎてしまったのだ。

わたしは「美少年倶楽部」から注文された「異常な性《セックス》」について考えることにした。それならいくら考えても頭が痛くなる心配はない。

よし、うんと変態的なことを考えるぞ！

わたしがアパートのわたしの部屋の前に到着した時、わたしの新作の登場人物たち、四人の男と三人の女と一匹の火星犬《サンド・ワーム》は、それぞれの陰茎や舌や拳《こぶし》や性交用触手をそれぞれの膣《ちつ》や尿道口や退化した第三の目の空洞《くうどう》につっこんで、一かたまりになって性交している最中だった。

「痛いわよ！　あんた。その頭、どけてって言ってるのに！」

「だれだ？　脛《すね》でおれの睾玉《きんたま》をけりやがったのは！」

「だれよお、あたしのおっぱいをつねってるのは？」

「おまえが自分でつねってるんだろ！　それより、おれの尻《しり》に二本も珍棒をつっこむな」

「息ができないよお！　苦しいよお！」

「だれか下へおろしてくれええ！」

「うあああ、背骨がおれるう！」

「BOOMOOGOOOO！（あーん、頭がどっかいっちゃった！）BOOMOOGOOOO！（頭がどっかいっちゃった！　人間のばかやろう！）」

「よしてよ！　そこは耳の穴だってのに！」

　ドアを開け、わたしに頬《ほお》ずりしながら「パパゲーノ」が言った。

「前もって言っといてくれれば良かったのに。でも、変わった人と知り合いなんだねえ」

　朝、出かける時にたしかに存在しなかったぼろぼろの運動靴《ぐつ》が一足、「パパゲーノ」のブーツとちゃっかり並んでいた。

「君の友だちかい？」とわたしは言った。

「ええ?!　ちがうよ！　だって……ぼくは、てっきり……」

「名前を聞いたのかい？」

「胸に名札をくっつけてたよ」

　わたしは目を閉じ、大急ぎで「マントラー、マントラー、マントラー」と呟《つぶや》いたのだった。

「『すばらしい日本の戦争』だってさ」

わたしは心の中で思わず叫び声をあげた。

「リアルなものはあらずや？」と。

3章　リアルなものはあらずや？

わたしの生涯《しょうがい》における最初の挫折《ざせつ》は小学校の三年の夏休みに起こった。

それは平凡な小学生の夏休みの、平凡な一日が終わった、平凡な夜のことだった。

ひどい咽喉《のど》の渇きに目覚めたわたしは、水を飲むためにベッドから降り、子供部屋を出た。ねぼけまなこのわたしは、「少年時代」との訣別《けつべつ》の瞬間がそこにやって来たことに未《いま》だ気づいてはいなかった。

たらふく水を飲み、用心のためおしっこをした後、わたしは異様な声を聞いた。

その声はどうやらわたしのパパとママの部屋からやって来ているようだった。

ためらってから、わたしはわたしのパパとママの部屋の鍵穴《かぎあな》から中を覗《のぞ》きこんだ。

鍵穴の中にわたしのパパとママが見えた。

わたしのパパは、大きく開かれたわたしのママの股座《またぐら》を懐中電灯で照らし、その円い光に照らされた風景がもっとよく見えるようにわたしのママは右手の人差し指と中指でひろげながら甘ったれた声でささやいていた。

「おとうさん。おとうさん。よく見えますか？　どうですか？　もっとひろげた方がよろしいでしょうか？」

　わたしはうちのめされて子供部屋に戻った。わたしのパパとママはあんな変てこなことをする人たちだったのだ。昼間はふつうの人なのに、もしかしたら悪魔と魔女なんじゃないだろうか。わたしはベッドの端に腰かけて少し泣いた。

　わたしは、わたしの「少年時代」がうしろ姿を見せて子供部屋を出て行こうとするのを涙で一杯の目で見送っていた。

　わたしの「少年時代」は名残りおしげにわたしに手を振った。余り突然の出来事だったので、わたしの「少年時代」は左右ちぐはぐの靴下《くつした》を履き、ワイシャツのボタンを一段ずれてつけているので、少々まぬけに見えた。

「少年時代」との訣《わか》れはもっと厳粛なものだと思っていたわたしは少しがっかりしていた。仕方がないや、「少年時代」だっていきなり夜中にたたき起こされ、追い出されるなんて思ってもいなかっただろうし。

「バイ、バイ。ぼくの『少年時代《マイ・チャイルドフッズ》』」

「うん、うん、ほんとうにこんな急にお訣れとは、全く、びっくりしちゃって、だってこんな夜中だし、おれ夢でもみてんのかなと思ったよ、アハハハハ、ちょうど夢をみてたとこだったたし、『青年時代』がいい女連れててね、あっそうか君にそんなこと言ったってわからんだろうけど、アハハハハ」

とにかくわたしの「少年時代」には一秒でも早く出て行ってもらった方が良いことは明白だった。だれだって自分の「少年時代」には美しい思い出をもつ権利がある筈《はず》だ。いくら夜中にたたき起こされたからと言って、わたしの「少年時代」ときたら……。

放《ほう》っておくと一晩中でも喋《しゃべ》っていそうなわたしの「少年時代」にむかって、わたしは断固として宣言した。いくらまぬけの「少年時代」でも気がつくようにはっきりと。

「ぼく、もうねむいんだ。悪いけど出てってくれる? 君と訣れるのはさびしいけど、そういうきまりなんでしょ? バイバイ。ぼくの『少年時代《マイ・チャイルドフッズ》』。永久にさようなら」

わたしの「少年時代」はぽろりと大粒の涙をこぼし、ドアを開け、ノブを握《つ》ったまま未練たっぷりにため息を吐き、それでもわたしがそっぽを向いているのでやっと諦《あきら》めたらしく、「んじゃな」と言って子供部屋から出て行った。

わたしの胸は甘酸っぱい感傷で一杯だった。美しかったわたしの「少年時代」。訣れたばかりのわたしの「少年時代」のまぬけ面《づら》は形成されたばかりのわたしの「思い出」の中で儚《はかな》く消え去り、わたしの「少年時代」は白いマフラーをなびかせてスクーターで颯爽《さっそう》と風を切る「少年ジェット」のようにりりしい中学生の姿になっていた。

わたしが生涯最初の挫折を甘ったるく反芻《はんすう》している間に、生涯第二の挫折がわたしの傍《そば》にもうやって来ていることをわたしは知らなかった。そしてその生涯第二の挫折に比べれば、最初の挫折など、お子様ランチの上にへんぽんとひるがえる日章旗ほどの意味しかわたしの人生に影響を与えなかったのだ。

二段ベッドの上から、一歳年下の妹がわたしの頭をこつんとたたいた。

「おにいちゃん、何してんの？」

ふぁぁとあくびをして、下の段のわたしのベッドの所まで降りて来た妹に、わたしはその晩わたしに起こった出来事を話したのだ。

わたしの心の中には、衝撃をうけた妹があわてふためく様子をみたいと言う子供っぽい残酷な気持ちと、どうせ「少年時代」を喪《うしな》うならわたしの妹にもつき合わせてやりたいと言う兄らしい優しい思いやりの、両方があった。

ところが、わたしの妹は全くへいちゃらだったのだ。

「それだけ？」とわたしの妹は言い、ドナルド・ダックがキング・サーモンを釣《つ》ろうとして逆に川の中に落っこちる絵柄《えがら》のパジャマのポケットから「スリーエース」を取り出した。

「要するに、おにいちゃんもやっと赤ちゃんじゃなくなったってわけね？」

わたしはわたしの妹がタバコの煙で器用にわっかを作っては天井にむかってうちあげるのを、日本シリーズ最終戦、ふりかぶった江夏豊の脚もとに突然出現した白痴のアヒルのようにぼんやり眺《なが》めていた。

「おにいちゃん」

わたしの妹はパジャマのボタンを上から二つ外し、あやしい目つきでわたしを見た。

かちんかちんになったわたしの躰《からだ》に、妹の手が触れ、わたしは耳にわたしの妹のささやきを聞いた。

わたしの妹はわたしに言ったのだ。

「リアルなものはあらずや?」と。

4章「気のせいですよ、きっと」

「すばらしい日本の戦争」はわたしが想像していたような身長五十メートル躰重《たいじゅう》二万屯《トン》で尻尾《しっぽ》の先から冷凍光線を発する怪物ではなかった。

何故《なぜ》、何も映っていない画面をそれほど喰《く》いいるようにみつめるのか、質問してもいいのだろうか？

「もしもし」とわたしは言った。

「テレビは面白《おもしろ》いですか？」

わたしはその若い男が返事をするまでの時間を数えてみた。

1、2、3、4、5、6、7、8、9、10、11、12、13、14、15、16、17、18、19、20、21、22、

その若い男はわたしの方に顔を向けた。

その若い男はわたしの顔の辺りを見ていた。しかしどうやらその若い男の視野に入っているのはわたしの顔ではなく、もっと遠くのもっと無意味なもの、たとえば土星の衛星タイタンの子供が石けりに使う小石のようなものらしかった。23、24、25、26、27、「その若い男の彫りの深い、一度見たら忘れられない顔つき」はまちがいなくあの「花キャベツカントリイ党」のリーダーの顔だった。28、29、30、31、32、33、「可哀《かわい》そうに」と男が言ったのは、わたしが34まで数えた時だった。若い男は「タイタンの小石」に向かって話しかけていた。

「頭のてっぺんをハンマーでたたきつぶされた裸の赤ん坊の死躰が、おもしをつけられて水の中に沈んでいる。皮膚はぶよぶよに白くふやけて、あちこちで破けゆらゆら動いている。おもしからつながった針金できつく結えられた脚首のまわりではむきだしの筋肉からほどけた糸みたいな繊維がやっぱりふわりふわりと動いているんだ」

わたしは「すばらしい日本の戦争」本人に事情を説明してもらうことを断念し、「すばらしい日本の戦争」の所持品の中に秘密の鍵《かぎ》を捜すことにした。
(1) 東京地方裁判所刑事二十部裁判官染谷輝一郎による「仮釈放許可書」
(2) 東京拘置所所長通称「ハンプティ・D《ダー》」による「仮釈放通知書」(身柄《みがら》引き受け人はわたしだった)
(3) 東京拘置所診療所所長通称「バミューダ・ショーツ」による「精神鑑定報告書」(「回復ノ可能性無シ」だそうだ)
(4) 一九七三年十月の消印がある匿名《とくめい》のハガキが一枚(「人殺し! 恥を知れ」という一行のみ)
(5) 「マザー・グース大戦争統一被告団住所録」が一通(こんなものが発行されているとは知らなかった。わたしのところに赤鉛筆で丸がつけてあった)
(6) 高村光太郎の『智恵子抄』
(7) 洗濯《せんたく》したパンツが三枚、半袖《はんそで》シャツも三枚、靴下《くつした》も三足
(8) ハンカチが一枚、ちり紙少々
(9) 伊勢神宮のおまもり一個
(10) カール・マルクスのブロマイド一枚(マルベル堂で買ったもの)
(11) 財布の中に七百五十円、そして東京拘置所出納係の印鑑と「すばらしい日本の戦

争」の拇印《ぼいん》をおした受領書

「すばらしい日本の戦争」が着ている白っぽく黴《かび》のはえた、かつてどんな色だったかを自分でも思い出しかねているスーツを除けば、(1)から(11)までが「すばらしい日本の戦争」の所有物の全部だった。

わたしはどうするべきなのだろう？

「すばらしい日本の戦争」の身柄を引き取ることを拒否し（とにかくわたしは勝手に身柄引き受け人にされていたのだから）、東京地方裁判所刑事二十部に対して、もっと別の人物に引き取ってもらうよう訴えるべきだろうか？

頭の中に死躰を詰めこんだまま、わたしと「パパゲーノ」の愛の巣に漂着した宇宙人「すばらしい日本の戦争」と生活すればいいのだろうか？　何ごともエホバの思《おぼ》し召しと考えて。

わたしは悩みぬいたあげく、わたしのママに相談してみることにした。もしかして「すばらしい日本の戦争」を引き取ってもらえるかも知れないという虫のいい希望を秘めながら。

「わが息子《オー・マイ・サン》よ！」と受話器の向こうでわたしのママは言った。やっぱりわたしのママになんか相談するんじゃなかった。

「あなたは試みられているのです。わかりますね？」

「何となく」

「迷っているのですね？」

「ええ……多分」

「あなたが為《な》すべきことは既に『聖書』の中に述べられているのです、わが息子《マイ・サン》よ」

「箴言《しんげん》第11章4節です、わが息子《マイ・サン》よ。『**貴重な品も憤怒の日には益なく、義こそ人を死から救い出す**』のです」

挫折《ざせつ》や絶望や恐怖と友だちづき合いのないわたしのママは歓喜に充《み》ちた声でわたしに宣告した。多分、社長のエホバもわたしのママにそんな調子で業務命令を下すのかもしれない。

「要するに……どうすればいいんです？」

「『**死から救い出す**』のです。未《ま》だわからないのですか？　あなたの下に漂いついた哀れな子羊の頭の中の死躰を追い出すのです」

「そんなこと言ったって無理ですよ！　東京拘置所のお医者さんが無理だって……」

「かれらは『**義**』を行使しなかったから『**死から救い出**』せなかったのです!!　『**義**』によってあなたの子羊に接しなさい！　わかりますね？　わが息子《マイ・サン》よ、そうすればエホバが必ずあなたの子羊を『**死から救い出**』して下さいます。それでは召使いさんにもよろしく、あまりお酒を飲まないようにね」

「わかったよ、ママ」

わたしは送話器に言った。

「何だかよくわからないけれどやってみるよ。『**義こそ人を死から救い出す**』ってやつをね」

次の日わたしは「すばらしい日本の戦争」を連れて横浜中央病院の精神科を訪ねた。

「熱を計って下さい」と看護婦が言った。

膝《ひざ》かけをしてあみものをしているその看護婦はおっぱいの突き出たいい女だった。

印南新吾博士《ドクター》は看護婦の鷹塔摩利の豊満なおっぱいをぎゅっとわしづかみした。

「せんせったら」

鷹塔摩利は二十種類のメスの入ったプレートを落とした。

「せんせったら、手術《オペ》してるといつもこうなんだから。患者《クランケ》さんが死んでも知らない！」

わたしはそこが「内科」ではなく「精神科」であることを標識によって確認してから看護婦に質問した。

「精神科でも熱を計るんですか？」

むっとした表情で看護婦はわたしをにらみつけた。

「熱があって精神科へ来る人は大てい風邪なんです」

「すいません、知らなかったものですから」

三十六度九分の「すばらしい日本の戦争」は精神科医と面接することを許された。

「診療室」の中は暗く、医者の座っている机の部分だけが天井からの一条のスポット・ライトによって明るく浮かびあがっていた。

「どこかでお会いしたことがありましたっけ？」と、セルロイドで出来たウルトラセブンの仮面を外しながら医者はわたしに言った。

「いいえ、人ちがいではないですか」

「そうですか？　一緒に、バルタン星人をこてんぱんにのしちゃったことがあるような気がしたんですけどねえ、人ちがいですか、こりゃまいった、アーハハハハハ」

わたしの腋《わき》の下は冷汗でぐっしょりだった。わたしは確かに「精神科診療室」と書かれたドアを開けて入って来た筈《はず》だった。

わたしと「すばらしい日本の戦争」は医者とむかい合って座り、わたしは「すばらしい日本の戦争」がわたしに宛《あ》てたハガキや東京拘置所専属医の鑑定書や急いで集めた「花キャベツカントリイ殺人事件」の資料を医者に渡し、わたしの所へやって来てからの「すばらしい日本の戦争」の病状に関する私見を述べてみた。

「世界没落妄想《もうそう》とは無関係だと思います。御存知《ごぞんじ》でしょうが、ビンスワンガーの『現存在的精神分析』の第二巻に同じ様な症例が載っていますし……」

「気のせいです!!」

わたしが丁度メダルト・ボスについての批判に入ろうとしている時だった。

「何とおっしゃったんですか？　先生」

「気のせいですよ、きっと」

医者はいらいらしながらわたしに言った。

「全く！　わたしの身にもなって下さいよ。精神病の患者なんか本当は一人もいないんですよ。それなのにどうして毎日わたしの所へ患者がくると思います？　みんな、わたしをからかいにくるんですよ!!

昨日なんか『マヨネーズに食われちゃうんです、何とかしてくれ』って言う男が来たんですよ。マヨネーズですよ。信じられますか？　わたしは我慢してその男の話を聞いてやったんだ。『おちついてもう一回、話して下さい』と言ってね。

『マヨネーズがぼくを食おうとしているんです!!!　たしかにそう言ったんです!!』

わたしはその男に言ってやったんです。

『つまりマヨネーズがあなたを食っちまうぞと言ったんですね』

そしたら、その男はびっくりしやがった。

『先生！　ぼくをからかわないで下さい！　マヨネーズがしゃべるわけないでしょ!!』

『わかったよ。じゃ、だれが言ったんです』

『トマトケチャップなんですよ!!　冷蔵庫を開けたら、トマトケチャップがはっきりぼくに言ったんです。**おれが喋《しゃべ》ったなんてばらすなよ、いいか、マヨネーズがおまえを食っちまおうとしているんだぜ、気をつけろよって**』

みんなぐるになってわたしをからかっているんだ!!　わたしが何をしたって言うんで

す？　どうしてわたしの所へは本物の患者をよこさないんです？　わたしにはわかっているんだ、みんな患者のふりをして、わたしを狂わせようとしているんだ!!!」

わたしと「すばらしい日本の戦争」は、机の上に突っ伏してさめざめと泣きはじめた医者を残して「診療室」を出た。

病院の外へ出たわたしは、わたしの手を握りしめたまま恐ろしい勢いでぶっとばしている車を眺《なが》めている「すばらしい日本の戦争」に優しく話しかけた。

「せっかく娑婆《しゃば》に出て来たのに、変な所に連れて来てごめんよ」1、2、3、4、5、6、7、8、9、10、11、12、13、14、15、16、17、18、

「…………」

「え？」

「……切り口にはストローの管みたいな動脈や静脈やリンパ管が見えるし、……」

「歩きながら話そうか？」

平穏な日々がつづいた。「すばらしい日本の戦争」は凶暴な人物でも白痴でもなかった。大小便の始末も一人で出来、食事にも積極的に挑《いど》み、静かにテレビの画面をみつめるその姿に異常な様子は感じられなかった。

「義こそ人を死から救い出す」とおっしゃいますが、エホバ様、わたしのような卑《いや》しいポルノグラファーがどうやって**「義」**を行使したらよろしいのですか？


充分な睡眠。

栄養に富んだ食事。

適当な運動。

ラジオとテレビ。

（それが仮に死躰についてばかりであろうと）屈託《くったく》のない会話。

自由な時間割、人の目を気にしないで出来る排便。

無制限の入浴時間。

既に無益と宣言されているロールシャッハ・テストや向精神剤やインシュリン・ショック療法や火あぶりの刑といった、専門家のやり方以外にわたしが与えられるものは全《すべ》て「すばらしい日本の戦争」に提供したつもりです。未だ不足のものがあるでしょうか？


何か忘れてやいませんか？　あれがあるでしょ、あれが。

わたしはやっと思い出したのだ。三年間の拘留生活を終えたわたしが欲しかったもの。そして未だ、わたしが「すばらしい日本の戦争」に提供していないもの。もちろんそれは**性交**だった。

わたしは「すばらしい日本の戦争」の性《セックス》に対する興味と好みと反応をたしかめるためにアンケート用紙を作成し、鉛筆と共に手渡してみた。

これはあなたのこころのなかをさぐるためのてすとです。それぞれの｛　｝のなかでじぶんにいちばんちかいとおもうものに○をつけてください。てんはつけませんからきにしないでしょうじきにかいてください。

わたしは｛
①異性愛者
②同性愛者
③動物愛者
④変態性欲者
｝だから

⑤　哲学者

①おっぱいの大きい女
②腰の細い少年
③去勢したサラブレッド
④少女の鼻の穴
⑤ボブ・ディラン

と

①フランスベッドの上
②椅子《いす》の下
③蔵前国技館
④銀河鉄道のふみきり
⑤こたつの中

で

①性交
②おてだま
③接吻《せっぷん》
④バンダイの野球ゲーム
⑤霊的対話《スピリチュアル・コミュニケーション》
をしたい

わたしのアンケートを受け取ると、「すばらしい日本の戦争」は喰《く》い入るようにそれをみつめた。「すばらしい日本の戦争」がテレビ以外のものをそれだけ真剣にみつめるのは初めてだった。

およそ三十分はみつめてから、「すばらしい日本の戦争」はアンケートをわたしに返した。鉛筆で記入こそしなかったが、そのアンケートが「すばらしい日本の戦争」に甚大《じんだい》な影響を及ぼしたことは明白だった。

「すばらしい日本の戦争」はかつてないほど喜々として情熱的に、死躰《したい》について話しはじめたのだ。

「ひどい死躰だよ。ずっと地面に放置され、もう半分溶けかかっている。表面は完全にピンク色のうじ虫に覆《おお》われていて、人間なのかどうかわからないぐらいだ。うじ虫は音をたてて死躰を食っている。一番肥えたうじ虫が一番集まっているのは股座《またぐら》で、何重にもなってひしめき合い、ずり落ちたり、又昇ったりして一番おいしいところをむさぼっている。たまらないほどいやな臭《にお》いがたちこめて、嗅覚《きゅうかく》をもっている生き物は一匹も近づいてこない……」

蜂《はち》の子の缶詰《かんづめ》を切りながら話を聞いていた「パパゲーノ」はしゅんとして台所に入ってしまったが、わたしは尽きることのない「すばらしい日本の戦争」の「死躰」の物語に耳を傾けた。

たてに真っ二つに裂かれ、長い腸をたらしたまま向かい合った壁に半分ずつ鉤《かぎ》っこで吊《つ》るされた女の死躰の話はとりわけ悲しみに満ちていた。

「正確に二等分されているんだね? つまり、会陰部から妊娠線を通って、まっすぐに……」1、2、

「すばらしい日本の戦争」は首肯き、

「考えられないほど正確に切断されているんだ。のこぎりで」と言った。

わたしは「すばらしい日本の戦争」との間で、初めて心のキャッチ・ボールが成功したことを確信した。そのボールがのこぎりで切断された死躰であろうが何だろうが、とにかくわたしは「すばらしい日本の戦争」とキャッチ・ボールをしたのだ！

親愛なるエホバ様、今回の場合どうやら**「義」**とは**「性交」**らしいのです。わたしはこの大発見にすっかり興奮してしまいました。

迷える子羊はポルノグラフィー作家の下へ「性交」と言う「義」を求めて現われたのです。全く、あなたらしい、凝った趣向ではありませんか。わたしの考えに間違いがなければ「すばらしい日本の戦争」はホモではありません。わたしは「すばらしい日本の戦争」に女性を、わたしのように常識でこり固まった想像力の乏しい人間ではなく、もっと桁《けた》ちがいのエネルギーと情熱《パッション》をもった女性を紹介するつもりです。

かの女なら首のもげおちた死躰とでも、心をこめて性交するでしょう。

5章　同志T・O《テータム・オニール》

王様はテータム・オニールの膝《ひざ》に頭を埋めて泣きじゃくっておりました。とても可哀《かわい》そうな身の上の王様でした。王様はあの千一夜物語で有名なシャハリアール王の百四十四代目の子孫でした。王様の国は百四十四代の間に衰亡をつづけ、今ではホメイニ師のイランやバース党のイラクや石油成金のアラブ首長国連邦の鼻息をうかがうちっぽけな国でした。王様の国のことなどもうCIA《シー・アイ・エー》やKGB《カー・ゲー・ベー》の台帳にも載ってはおりませんでした。

もう一度、祖国を有名にしたい!!　ホメイニやイブン＝サウドばかりにでかい面《つら》をされてたまるもんか！

祖国愛に燃える臣下たちの熱意にうたれた王様はギネス・ブックに親書を送りました。

「わたしは、世界でもっとも長く毎晩おはなしを聞いたわが先祖シャハリアール王の千一夜を更新する世界記録を打ち樹《た》てる予定である。至急、貴社の記録認定員を派遣して頂きたい。　王様」

ロンドンのギネス社ではすっかり困ってしまいました。全世界から記録認定の要請が殺到しているというのに、戦乱のアラブのどまん中のわけのわからない国へ三年間も、貴重な社員を出張させるわけにはいかなかったからです。

ギネス社からの返事を受け取った王様はびっくりしてしまいました。

「わかりました、王様。記録認定員に記録認定書を持たせて派遣いたします。ただし、あなたに毎晩お話をする人物は次の三人の中から選んで下さい。三人以外の人物は絶対だめです。いいですね?

(1) アラン・ロブ゠グリエ

(2) ノーマン・メイラー

(3) 野間宏」

どうしてそんな有名な作家を三年間も拘束できるでしょう。それに、もしそんなことができたとして、ロブ゠グリエのおはなしを三年も毎日聞かされるぐらいなら死んだ方がましだと王様は思いました。

消しごむが主人公のおはなしなんか面白《おもしろ》くない、一分間に一万語も話されたってわからない。王様は泣きたいような気持ちでした。それでも王様は祖国のために、三人の作家を説得するために自ら赴いたのです。

フランスへ行った王様はアラン・ロブ＝グリエにあっさりふられてしまいました。

「わるいけど、ぼくはストーリイには興味がないんでね。フランソワーズ・サガンの処《ところ》へでも行ったら?」

アメリカへ行った王様はノーマン・メイラーに婉曲《えんきょく》にことわられてしまいました。

「いいですよ。ただし三年契約で一億ドル。現金《キャッシュ》でスイスのおれの口座に振りこんどいてくれればね」

最後に日本へ行った王様は野間宏にはすげなく追い返されてしまいました。

「わたしはあなたのようにPLOにもイスラエルにも色目を使う日和見《ひよりみ》主義者は大きらいです」

全《すべ》ての希望を喪《な》くした王様はキャバレー「ロンドンB館」で死ぬほど飲んだあと横浜福富町トルコ「ハリウッド」にくりこみ、「ハリウッド」NO・1のホステス「テータム・オニール」の膝の上で泣いていたのです。

「王様、王様」

「テータム・オニール」はうなだれている王様の不完全勃起《ぼっき》した陰茎にそっとさわりまし

た。「テータム・オニール」の温かく湿った掌《てのひら》の中で、王様が二十四人の妻を満足させるために包皮に埋めこんだ七つの模造真珠がくるくる動きます。

「テータム・オニール」は毎日、卵の白身のパックとマッサージを欠かさないのでいつでも処女のように淡いピンク色の乳暈《にゆううん》と乳首を、王様の涙でぐっしょり濡《ぬ》れた頬《ほ》っぺたにそっとおしつけました。

「王様、王様、わたしのおっぱいにキスしてごらんなさい。

わたしのおっぱいはパセリ、セージ、ローズマリイそしてタイムの味がします。

すみれやれんぎょう、花厨王、黄色い山吹、雪柳の匂《にお》いがします。

王様、王様。わたしのおっぱいを味わって下さい。わたしが必ずあなたの苦しみをとってさしあげますから」


横浜山下公園の埠頭《ふとう》には生きながらホテルにされてしまった気の毒な「氷川丸《ひかわまる》」が浮かんでいる。わたしは「テータム・オニール」の住んでいるマンションへ行く度にその気の毒な「氷川丸」の前を通るのだ。わたしが「氷川丸」だったらホテルとして余生を暮したいとは希《ねが》わないだろう。養老院に入って、「宗谷」や「ふじ」や「クイーン・エリザベス」とこたつに入って蜜柑《みかん》をむきむき、昔話にふけりながらスクラップにされる日を楽しみにして待ちたいと思うだろう。

「わしゃ、第一次越冬のとき、氷原に閉じこめられちまってなあ」

「『宗谷』さん、そりゃ第二次の時だべ？　あんたも、もうろくしなすったなあ」


何年か前、やはりわたしが「テータム・オニール」の所へ行こうとして「氷川丸」の前を通りかかった時、わたしはイエス・キリストと会ったことがある。

——ここまで書いてわたしは少しいやになった。どうせわたしのほら話だと思ってだれも信じてくれないのだ。

その男はイエス・キリストと言うよりは、鎌倉《かまくら》市役所大船支所の戸籍係にそっくりの男だった。

まっくろのレイン・コートを衿《えり》を立ててはおり、スポルディングのサングラスをかけ、広島東洋カープの赤い帽子を被《かぶ》って、男は重油やファンタの空き缶《かん》やとうもろこしの食いかけが浮かんでいる横浜港の水面をみつめていた。

その男がイエス・キリストであることを、わたしは直観的に感じた。それは秀《すぐ》れた芸術家と超能力者《エスパー》にだけわかることだった。

「あなたはイエス・キリストですね」とわたしは質問した。わたしも男と同じように渋いダーバンのレイン・コートを着用し、相鉄「ジョイナス」で二万円で買ったオーストラリア製のグレイのテンガロン・ハットを被っていた。もし遠くから、例えばマリンタワーの展望台から双眼鏡でわたしたちを眺《なが》めているものがいたとしたら、きっとスパイのコンタクト（密談）だと思っただろう。

「よくわかったな。でも、かろうじて合格点をつけられるぐらいだぜ」と男は言った。

それは完璧《かんぺき》にハード・ボイルドな声だった。

その男以上にハード・ボイルドな声を出せるのは片岡義男だけだろうとわたしは思った。

「一目であなたをイエス・キリストと見破ったのに、どうして、かろうじて合格点なんです？」とわたしは抗議した。あっさり見破られたので、イエス・キリストがかっこをつけてそう言ったのだと思ったのだ。

「イエス・キリストなんてそんな抽象的な言い方じゃだめさ。さっきも、キヨシローのおはなしに熱中しながらおれの後を通りすぎた中学生の女の子の三人連れがふりかえって言いやがったんだ。

『あっ！　今のキリストよ！　うっそー!!』わかったかい？　おれがイエス・キリストだってことは、だれにでもわかる。おれがどんなイエス・キリストだかわからないうちは一人前の小説家とは言えないんだぜ」

わたしは直《す》ぐに降参《ギブ・アップ》した。わたしが一人前の小説家でないことはわたしにもわかっていた。

「わかんないです。あなたはどんなイエス・キリストなんです?」

男はレイン・コートのポケットからパイプを取り出し、もう一方のポケットから布袋におさまった「スィート・ダブリーン」を取り出した。

「フィルター付きのたばこを吸うぐらいなら、たき火のけむでも吸ってる方がましだと思わないか?」

男はアイリッシュ・ウィスキイの甘い香りがぷんと匂うけむりを思いきり吐き出して言った。

「おれは**金子光晴の詩に登場するイエス・キリスト**なんだぜ」

「そんな!!」

それにちょっとおかしいぞ、とわたしは思った。わたしは金子光晴にかけてはうるさいのだ。

「金子光晴の詩に登場するイエス・キリストはあなたに似ていないですよ」

男は明らかにわたしを軽蔑《けいべつ》した口調で答えた。

「頭の悪い野郎だなあ。おまえが言ってるのは**今までに金子光晴が詩の中に書いてしまったイエス・キリスト**のことだろう?

おれは**金子光晴がこれから書こうとしているイエス・キリスト**なんだ。正確に言えば祖型《プロト・タイプ》だがな」

わたしには男の言っていることがちんぷんかんぷんだった。

「つまり……金子光晴は……これから、あなたみたいな……その……ハード・ボイルドなイエス・キリストを書こうとしているわけですね？」

男がわたしを見る目は軽蔑を通りこして、哀《かな》しみに沈んでいた。

「説明しても、君のような三流の小説家にはわからんことさ。何で、金子光晴がこれから書く詩の中のイエス・キリストがおれのようにハード・ボイルドな人物だと決めつけるんだ？　だから、さっきおれは**祖型**《プロト・タイプ》にすぎないと言ったろう？　どうしてもわからなかったら、マックス・ウェーバーでも読むんだな、坊や《ベイビー》。**『宗教社会学論集』**だぜ。これがおれに出来るたった一つの忠告だ。そろそろ、帰らなくちゃならないんでな」

「どこへ帰るんです？」

わたしのあまりの馬《ば》鹿《か》さかげんに、我慢できなくなった男はわたしの耳をひっつかんで怒鳴りちらした。


「金子光晴の所へ帰るに決まってんだろ!!!」

金子光晴が死んだのはそれから直ぐ後のことだった。わたしは金子光晴の遺作の中に、例のハード・ボイルドなイエス・キリストを捜したが、その姿は見当らなかった。

祖型《プロト・タイプ》のイエス・キリストはどこへ行ったのだろう？　金子光晴と共に永遠に埋葬されてしまったのだろうか。

わたしは今でも「氷川丸」の傍《そば》を通る度に、祖型《プロト・タイプ》のイエス・キリストがぶらりと現われるような気がするのだ。

わたしは「テータム・オニール」の部屋のチャイムを鳴らした。

「だれ？　名前を教えて下さいな」

インターフォンを通しても「テータム・オニール」のアルトの声は素敵だった。

「わたしの名前は『リボンの騎士』初版本です。M78星雲から水素イオンロケットにただ乗りして、地球の危機を救うためにやって来ました」

「鍵《かぎ》は開いているわ。ようこそ、『リボンの騎士』初版本さん」

「テータム・オニール」は熊本大学教育学部音楽科を中退している。わたしが見せてもらった写真の中の、「コールユーブンゲン」を抱えたおさげの一年生の「テータム・オニール」は、本物のテータム・オニールのように可愛《かわい》い少女だった。

わたしが東京拘置所の直径十五メートルの半円を十二等分した十五度の扇形の檻《おり》の中で、毎日おてだまを金網にぶっつけて、妄想《もうそう》のペナント・レースを繰りひろげながら楽しく遊んでいた頃《ころ》、「テータム・オニール」こと「福岡刑務所の胆《きも》っ玉ねえちゃん」は英雄的な不服従闘争をつづけていた。

百五十四センチ三十八キログラムの「テータム・オニール」こそ「マザー・グース大戦争統一被告団」の象徴《シムボル》だった。

拘置された次の日の朝、わたしが便器のふたを開けてうんこをしていると、朝の点呼に来た三人一組の看守がドアを開けた。わたしはうんこをしながらそのまま元気な声で**「にしゃにかいにじゅうさんぼ!!」と叫んだ。**

わたしは襟首《えりくび》をつかまれて外へ引きずり出され、懲罰房へ放《ほう》りこまれた。**あんまりだ、わたしは未《ま》だ尻《しり》を拭《ふ》いていなかったのだ。**鎮静衣を着せられたわたしは十五度の勾配《こうばい》のついた、窓が一つもない、ゴムの壁の部屋に三日間ころがされていた。おしっこをするのにもいちいち看守に頼んで陰茎を出してつまんでいてもらわねばならないのだ。

わたしは窓のない懲罰房に充満する、ふたのない便器から臭《にお》ってくる半年分のうんこの臭いに対して白旗を掲げた。わたしは最初の三日間、ただ一回の懲罰房入りで東京拘置所に反抗することを諦《あきら》めてしまった。誠に情ない話だが、わたしだってお盆休みの間だけ暮すのではないのだ。できるだけ快適にすごそうとしたっていいではないか？

刑務所で快適にすごすひけつは一つしかない。

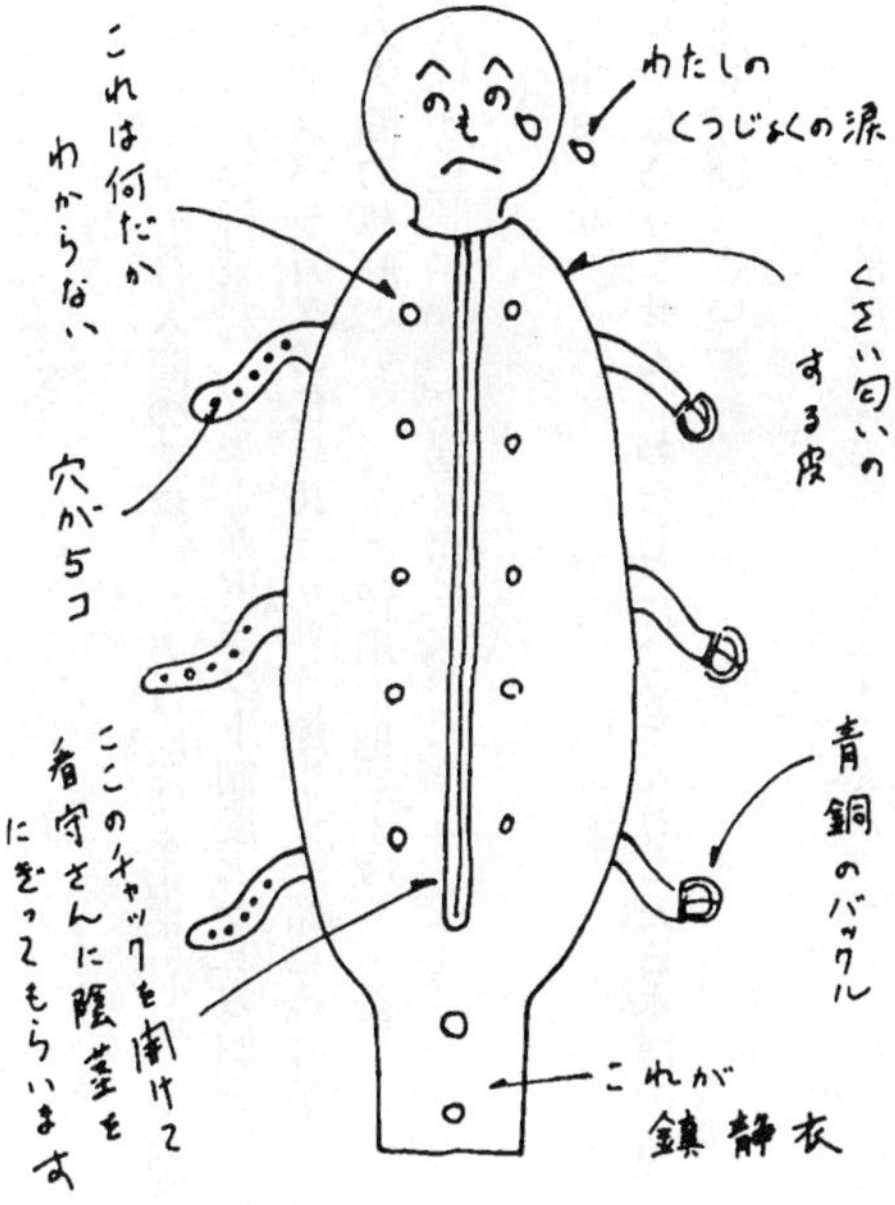

看守と仲良しになることだ。

「テータム・オニール」は**人間の尊厳**のために服従を拒否した。**人間の尊厳**という言葉は、わたしのきらいな言葉だ。**文学**とか**ドラフト制度**とか**写真判定**とか**クロスオーバーミュージック**とか**アスパラガスの缶詰《かんづ》め**とかいう連中と一緒に焼却炉へ放りこみたいとよく思う。わたしが**人間の尊厳**という言葉の使用に抵抗を感じないのは、「テータム・オニール」のような人間が主語になった場合だけなのだ。

「69号、なぜ返事をしない！」

「わたしは69号ではありません。わたしにはきちんとした日本語の名前があります。用事があるなら名前を呼びなさい」

「69号、点呼のときには部屋のまん中に正座するんだ！」

「看守さん、わたしの部屋に入るときには必ずノックしなさい」

「看守さん、女性《レディ》の部屋に入るときには鍵《かぎ》をかけるものではありません」

「看守さん、わたしの躰《からだ》に触れていいのは、わたしの愛人《アミ》だけです」

「看守さん、前例がないと言うのは、あなたたちが鈍感だからです。女であるわたしが基礎躰温《たいおん》を計るための躰温計を要求するのは『国連最低基準規則』にも認められています。わたしはもう三ヵ月もメンスがないのです」

「それは君の思想のせいなのかい？」

十何度目かの懲罰房入りに際して、看守長は例の「鎮静衣」にくるまった「テータム・オニール」に言った。

「趣味のせいですわ」と「テータム・オニール」は答えた。

「趣味に合わないことはしたくないのです」

「テータム・オニール」は次の様な拘置所規則に違反し、五回の重屏禁《じゅうへいきん》と七十一回の軽屏禁により通算千二百六十三日間の拘置期間中の半分以上を懲罰房で過した。

すなわち、

①　布団《ふとん》に頭までもぐりこんではならない

②　頭をドアと反対方向にして就寝してはならない

③寝具の位置を部屋の中央からずらしてはならない
④食事は必ず便器兼用の椅子《いす》に座って摂《と》らなければならない
⑤就寝時間前にかべにもたれてはならない
⑥就寝時間後、頰づえをついてはならない
⑦ノートの使用を許可されたものは、そのノートを絵やマンガ或《ある》いは詩やいたずら書きに使用してはならない
⑧廊下、面会室前の待合室、運動場、風呂《ふろ》場、等への往復に際し、他の服役者の顔を注視したり、振り返ったり、声をかけたりしてはならない
⑨運動場との往復に際しては**必ず「イチ・ニ・イチ・ニ」と呼称し、両手足を元気よく振って**行進しなければならない
⑩ゴムのスリッパをひきずってはならない
⑪房内において、走ったり、逆だちしたり、腕立て伏せをしたり、**ボクシングや野球のピッチャーの真似《まね》**をしてはならない
⑫看守に用事を申し出る際には、必ず**オネガイシマス**と言わなければならない
⑬房内点検に際しては、点検官が入室するまでは必ず**ひれ伏し**、点検終了まで目を閉じていなければならない
⑭**面倒なので省略するが、こんなのが三百ばかしあるのだ**

千二百六十四日目「テータム・オニール」は百五十四センチ三十八キログラムのまま元気一杯に釈放された。「テータム・オニール」は千二百六十四日前と全く変わっていないように見えたし、一つを除けば、本当に変わっていなかった。その一つというのは**残念なことに一年間もメンスがやって来ないことだった。**

「テータム・オニール」が福岡刑務所から釈放された夕刻、一台の白いスカイライン2000GTが刑務所の出口を窺《うかが》っていた。

二つのボストン・バッグと三つの紙袋を抱えて出口に現われた「テータム・オニール」はたちまち白いスカイラインに連れこまれ、いずこともなく**九州大学教養部田島寮**へ連れ去られたのだ。

二昼夜に亘《わた》って「テータム・オニール」へのリンチがつづいたのだが、困ったのは「テータム・オニール」にはリンチを受けるような理由が全く思いうかばないことだった。

「何でだよう!!　この野郎!!　理由を言えよう!!　理由を言えってばあ!!!」

ハンマーでなぐられた両手の爪《つめ》はみんな死んで青くなり、その爪と肉の間を千枚通しでいつまでもつっつくのだ。

「あのときは何が何だかわかんなかったわ」

リンチをする連中に白衣の男が一人混じっていた。そいつはリンチには参加せず、時々「テータム・オニール」の胸に聴診器をあてたり脈をとったり「べろを出してごらん」と言い、様子を調べてから「弱っているようだから一時間休けいしましょう」と提案するのが役目だった。そいつは多分、医者だったのだろう。

三日目の朝になって、リーダーらしき男が「テータム・オニール」に宣言した。

「もうすぐおまえを解放してやろう。だがその前におまえはもう一つだけ罰を受けなければならない。おまえにそれを選択する権利を与えよう。

(1) 両方の眼《め》を防腐剤《マノール》で洗浄すること

(2) 陰核《クリトリス》を切除すること

(3) 両脚の関節に一ヵ月前の農協牛乳を注射すること

どれを選んでも構わないよ」

「テータム・オニール」は一番やさしそうな顔をした白衣の男に質問した。

「(1)を選んだら、どうなりますの？」

「失明します、お嬢さん」

「(3)を選んだら、どうなりますの？」

「両膝《りょうひざ》から下を切断することになります、お嬢さん」

「本当に？」

「本当です。実験ずみなんです、お嬢さん。わたしは決して嘘《うそ》は言いません」

「テータム・オニール」は五分間の猶予《ゆうよ》をもらい、(2)を選んだ。

　連中は**ペンチ**で「テータム・オニール」の陰核《クリトリス》をちぎった。白衣の男は鼠蹊《そけい》部に麻酔注射をしてくれたが、ほとんど効かなかった。

「いたかったかい」

馬鹿《ばか》げた質問だが、わたしには他《ほか》に話しようがなかった。

「いたかったわ。とっても、とっても、とっても、いたかったわ」

陰核《クリトリス》にも包皮があることをその時まで「テータム・オニール」は知らなかった。

「君の包皮は、だいぶ厚いようです」

注射をうち、「テータム・オニール」の膣口をオキシドールで消毒しながら白衣の男は言った。

「少しむいて、それからある程度大きくしないと、他の部分までとってしまうおそれがあります」

白衣の男は「テータム・オニール」の陰核《クリトリス》の包皮をていねいに剝《む》き、指で愛撫《あいぶ》し、ペンチでつかめる程度にまで勃起《ぼっき》させてくれたのだった。

十一階建てのマンションの十一階にあるT・O《テータム・オニール》の66・6㎡のワン・ルームの中はうす暗く、その部屋の中の空間のほとんどはマンガの本で埋まっていた。家具らしいものは一つも見えない。ベッドもソファもサイド・テーブルもスピーカーも、完全にマンガの中に埋没してしまっていた。

それは国立国会図書館以外では最大のマンガのコレクションだった。そして建物の表面積に対する割合では多分世界で四番目ぐらいには位置している筈《はず》だった。すでに三年前わたしが「少年サンデー」と「少年マガジン」の完全なバックナンバーをプレゼントした時に、T・O《ティミィ》のマンガ本コレクションは三万冊を超え、それから毎週・毎月「少女フレンド」「少女コミック」「マーガレット」「セブンティーン」「花とゆめ」「プチセブン」「プリンセス」「ひとみ」「なかよし」「ビッグコミック」「プレイコミック」「少年ビッグコミック」「LALA」「ちゃお」「りぼん」「ボニータ」「グレープフルーツ」「ギャルコミ」「ビバプリンセス」「コロネット」「プチフラワー」「カスタムコミック」「漫金超」「マンガ少年」「ぶ〜け」「ラブリーフレンド」「DUO」「漫画エロトピア」「月刊MiMi」「ガロ」「ギャルズコミックDX」「HELLOフレンド」「冒険王」「プチコミック」「一球入魂」「ギャルズライフ」「漫画大快楽」「MIMIデラックス」「少年チャレンジ」「セブンコミック」「MAD」「漫画エロジェニカ」「Blood―Horse Magazine」「漫画サンデー」「月刊少年ジャンプ」「ぱふ」「BRUTUS」「りぼん増刊」「漫画アクション」「内外タイムス」「プリンセスゴールド」「漫画ゴラク」「GOCOO」「High Times」「試行」「リイドコミック」「ヤングジャンプ」「別冊少女コミック増刊」「ビッグコミック・オリジナル」「Be in Love」「別冊マーガレット」「別冊少女フレンド」「月刊コミックトム」「デラックス・マーガレット」「別冊漫画アクション」「別冊マーガレット増刊」「Ryu」「ビッグゴールド」「少女アリス」「ビッグコミック・スピリッツ」「漫画ダイナミック」「神奈川県立明訓高校漫画研究会月報」「別冊・風と木の詩《うた》・デラックス」「週刊少年ジャンプ」「山岸凉子ファンジン」「バナナブレッドのプディング」「少年マガジンデラックス」といった雑誌や、こいつらより遥《はる》かに多いコミックス類が軽トラックを一杯にしてやってくるのだ。

「どこにいるんだい、T・O《ティミイ》?」

「ここよ」

「花とゆめ」コミックスの巨大な山脈が二つに裂け、いやまちがいだ、「花とゆめ」コミックスの海が二つに裂け**モーゼ**のようにT・O《ティミィ》が出現した。『綿の国星』の複製原画集を律法のように抱え持ったT・O《ティミィ》は**「ひとすじの苦しい光のような同志《タバーリシチ》」モーゼ**だった。

「また増えたねえ」

「うん、もう台所もトイレもバス・ルームも一杯で入れるところがないの。となりのお部屋も買うつもりなのよ」

わたしは『リボンの騎士』初版本をT・O《ティミィ》に渡した。

「君が捜していたやつ」

「あ・り・が・と！」

T・O《ティミィ》は『リボンの騎士』初版本を両手で抱きしめ、いとおしむように頬《ほお》を寄せ、もう一度「あ・り・が・と・う」と言ってわたしにキスしてくれた。

T・O《ティミィ》のキスは本当に上手だ。キスの上手な人間は素敵だ。男でも女でも。

横浜福富町トルコ「ハリウッド」のNO・1ホステス三十歳のT・O《ティミィ》は、山下公園の十一階のマンションの四万冊のマンガの上に載っかっておしゃべりする時には十五歳か、十二歳か、あるいはもっと年下に見える。

「それはきっとマンガのせいよ」

T・O《ティミィ》は鹿爪《しかつめ》らしく言った。

「わたしだって マンガを読むけど、ずっと年寄りに見えるよ」

「小説なんか読むからよ、きっと」

セリーヌは「ギニョルズ・バンド」の中で次のように主人公に喋《しゃべ》らせている。

"Je ne lis que la bande illustrée, parce que…"
dit Pierrot.
Maria s'apercevait que《le Grand? de la
Méditerranée》lui confiait son amour.
"Parce que le type qui continue encore à lire
des romans après Valéry est imbécile.
Je le sais déjà copieusement. Comment?
Si j'étais plus imbécile? Merde!
La bande illustrée, Louis de Funes,

Samuele Flour, et Roland Barthes; c’est
tout pour moi, ça me suffit! Rien d’autres.
Je ne veux pas être plus sot.”
“Et pour moi?” dit Maria, “à laquelle
préfères-tu, Pierrot, la bande illustrée
ou moi?”
Pierrot se tut.
Maria se tut.
Egalement se taisait le cadavre du gangster
bossu qui s’étendait entre Pierrot et Maria,
dressant un couteau au dos.

訳してみよう。(わたしが訳したものだから、正確ではないかも)

「おれがマンガしか読まんわけはな」とピエロは言った。マリアは「地中海に浮かぶ巨大な疑問符」が自分に求愛していることに気づいていた。

「ヴァレリイ以降、小説をまじめに読むやつはアホウだからだよ。おれはもう充分にアホウなんだぜ、これ以上アホウになったらどうなるんだい！　おれにはマンガとルイ・ド・フュネスとサミュエル・フラーとメルロー・ポンティだけでいい！　それだけでいい!!　おれはアホウになりたかないんだ」

「わたしは？」とマリアは言った。

「わたしとマンガとどっちが好きなの、ピエロ」

ピエロは沈黙した。

マリアも沈黙した。

もちろんピエロとマリアの間に横たわっている、背中にナイフを突きたてたせむしのギャングの死躰《したい》も沈黙していた。

　わたしとT・O《ティミィ》は敷き詰められたマンガの上にねそべって、床から二メートルの高さで、話をしていた。

「一人で死んでいくのはさびしいと思わないかいT・O《ティミィ》?」

「そうねえ、だからわたし、現役を引退したら人工授精《A・I・D》で子供をつくって、その子供を育てて教育して、その子と性交したりマンガを読んでくらしたら、きっと楽しく死んでいけると思うんだけど」

「それは、いい考えだねえ」

T・O《テイミイ》は死の床に就いていた。体育館のように巨大な部屋の中央に百万冊のマンガに囲まれてT・O《テイミイ》は最期《さいご》の瞬間を待っていた。

「おかあさん。おかあさん。ぼくです、わかりますか？」

T・O《テイミイ》の好みに合わせて「ジルベール・コクトー」と「パタリロ」の顔に整形した双子の兄弟はT・O《テイミイ》の手をしっかり握りしめていた。

「ああ……」

「何です？　おかあさん、何とおっしゃったんです？」

「わたしの子供たち。わたしと遊び、わたしと性交してくれた、いとおしいわたしの子供たち。『エースをねらえ！』の⑫巻が見たいわ」

「『エースをねらえ！』の⑫巻ですか？　おかあさん、それは何という作者の、いつごろの作品なんです？　おかあさん、言って下さい!!!!」

「もって来て……おかあさんに見せて……『エースをねらえ！』の⑫巻をもって来て……見たいの……おかあさんに見せて……」

「おかあさん！　しっかりして！　いつの作品なんです！　おかあさん!!」

「ああ……よくきこえないよ……おまえたち……はやく……もって来て……『エースをね

らえ！』を……わたしは……」

バイバイT・O《テイミイ》。


「たのみがあるのだけど」

「『すばらしい日本の戦争』のことね？」

「知っていたのかい？」

「『大論理学』さんから聞いたわ。わたしは何をしたらいいの？」

「わたしにもわからないんだよ、T・O《テイミイ》」

「『すばらしい日本の戦争』の頭の中の死躰を追い払うのね？」

「うん」

「わたしと性交すれば治るかしら？」

「わからない」

「あの人は性交したがるかしら？」

「わからない」

「頭の中に死躰が住みつくなんてつらいでしょうね」

「うん」とわたしは答えた。それはたぶんつらいことだろう。歯痛よりずっとつらいだろう。

6章　愛のレッスン

レッスン①

わたしは「すばらしい日本の戦争」と共にトルコ「ハリウッド」へ向かった。「女の子に会いに行くんだよ」わたしは「すばらしい日本の戦争」にそう言い聞かせておいたが、「すばらしい日本の戦争」がわたしの話をある程度理解できるようになったのは確実だった。「ハリウッド」に到着するまで「すばらしい日本の戦争」は裸の女の死躰《したい》の話ばかりしていたのだ。

T・O《ティミィ》は「すばらしい日本の戦争」の手を取って彼女の治療室へ招き入れた。

「いらっしゃい、ダーリン。こわがることはないのよ」

T・O《ティミィ》はGパンをはきTシャツの上から安物のジャムパーをはおっていた。

「何だい、その格好は？」

「いきなり裸を見て、びっくりしたらこまるでしょう？」

「すばらしい日本の戦争」がT・O《ティミィ》のレッスンを受けている間わたしも**愛のレッスン**を受けることにした。

わたしはいつものように「石野真子」ちゃんを予約しておいたのだ。「石野真子」ちゃんは「ハリウッド」のホステスの中では、T・O《ティミィ》を別にすれば、わたしと一番うまがあう。わたしと「石野真子」ちゃんは裸になり、八十分間有意義な話をするのだ。「石野真子」ちゃんが胸のつかえを吐き出すためにわたしにしてくれる様々な物語はわたしの貧弱な想像力のこやしになってくれる。

わたしと「石野真子」ちゃんは時々さわりっこをする程度で、とにかく話に熱中してしまうのだ。それは、わたしが特に最近では女の子に性的欲望を感じないからでもあるが、性交なんかのために「石野真子」ちゃんとの楽しい語らいを中断したくはなかったからだ。

「石野真子」ちゃんは**元横浜国立大学経済学部長の資本論おじいちゃん**の思い出話をしてくれた。

それは実に心暖まる物語だった。

「**資本論おじいちゃん**は最初、裸になるのを恥ずかしがったの。生まれてはじめてはいたみたいなBVDのビキニのブリーフだけになると、もじもじしていたわ。わたしは『恥ずかしがることなんかないのよ、おじいちゃん』って言って**資本論おじいちゃん**のブリーフを脱がせてあげたっけ……」

＊

「石野真子」ちゃんは**資本論おじいちゃん**をすみからすみまで舐《な》めてあげました。耳の穴の奥からしわしわの躰表を全部、白い陰毛の中に全面的に「転戦」してしまった性器一式、棒もたまもたまを包みつづけて伸びきった皮もすっかり、べろが疲れてべろの根っこがしくしく痛むまで舐めてあげました。

舐めおわった「石野真子」ちゃんがもう一度本格的な生尺《なましゃく》をするために水はみがきを取ろうとして立ちあがった時、「石野真子」ちゃんは**資本論おじいちゃん**の様子がおかしいことに気づきました。**資本論おじいちゃん**は泣きながら、両手を合わせて「石野真子」ちゃんを拝んでいたのです。

「ありがとう。ほんとうにありがとう。君は観音さまだ。でも真子ちゃん、ぼくの珍棒は立たないのだよ。スペイン人民戦線が崩壊してからずっと、ぼくの珍棒は全然立たないんだよ」

勃起《ぼっき》不能の**資本論おじいちゃん**はそれでも週に二回ずつ「石野真子」ちゃんの下へ通いました。

「ねえ、おじいちゃん、もう一度おまんこしたいと思うでしょ?」

「ああ……そうだねえ」

資本論おじいちゃんは「石野真子」ちゃんに耳そうじをしてもらいながら言いました。

「もう一度、死ぬまでにすばらしいおまんこをできたらなあ……」

資本論おじいちゃんの頭の中に**P・O・U・M**とか**スターリン**とかいう言葉が浮かびあがりました。

「……無理だよ、真子ちゃん……ぼくはもう死ぬまでおまんこできないんだよ」

資本論おじいちゃんは「石野真子」ちゃんに**資本論**のことを話してくれました。**資本論おじいちゃん**には他《ほか》に話せることが何もなかったからでした。

「ぼくは長い間**資本論**のことを考えていればそれだけで幸福だったんだ。そのために、こんな偏《かたよ》った人間になっちゃったんだよ、真子ちゃん」

「でも、ひとつのことに夢中になれるのは素敵だと思うわ。きっとその**資本論**て面白《おもしろ》いんでしょうねえ、わたしも一回読んでみたいなあ」

「今度もって来てあげるよ。ぼくに任せておいてごらん、真子ちゃんにはわからないだろうけど、**資本論**はディーツ版ではなくてフランス語版を読まなくちゃいけないんだよ。ぼくはそのことに気づくのに五十年もかかってね、『経済学批判要綱《グルントリッセ》』が発表されるまでわからなかったんだよ。ぼくは**世界市場論**をずっと誤解していたんだ……」

「石野真子」ちゃんは、東ドイツの「マルクス・エンゲルス研究所」によって**資本論**がどれほど改竄《かいざん》されたかを涙をうっすらにじませながら話しつづける**資本論おじいちゃん**の肩をもみながら、心に誓いました。

　資本論おじいちゃん、真子が必ずおじいちゃんにおまんこをさせてあげるわ。

「石野真子」ちゃんは勃起不能の男性に対する**愛のレッスン**の方法をT・O《テイミイ》から教わりました。

T・O《ティミィ》は数々の秘技を「石野真子」ちゃんに伝授した後、さいごに付け加えました。

「一番大切なことはね、愛《アムール》と集中《コンセントレーション》なのよ、真子。忘れないでね、愛《アムール》と集中《コンセントレーション》のどちらかが欠けても何の効果《ききめ》もないのよ」

「石野真子」ちゃんは部屋の灯《ひ》を消し、代わりにろうそくを点《つ》けました。

「おじいちゃん、もう一度ほんとうにおまんこしたいのね？」

「うん」

「じゃあ、わたしの言う通りにするのよ。ぜったいにためらわないで、いいわね、セリフもおぼえるわね？」

「うん……」

レッスン②

バムピネラ（吸血女）の化粧をした「石野真子」ちゃんは、黒のブラジャー黒のパンティ黒のガーターだけの姿で椅子《いす》にしばりつけられていました。

陰茎と顔をペンキで蒼《あお》く塗り、玩具《おもちゃ》の二丁拳銃《けんじゅう》をガン・ベルトからぶらさげている以外は素裸の**資本論おじいちゃん**は重たい皮の鞭《むち》をもって途方にくれていました。
「できないよ、ぼくにはできっこない。こんなことしたって、ぼくの珍棒はだめにきまってるよ」
「やゝ、ゝ、やりなさい」と「石野真子」ちゃんは言いました。
「やりなさい、おじいちゃん！　わたしの言う通りにやりなさい！」
資本論おじいちゃんは鞭で「石野真子」ちゃんのぷくんとしたお腹《なか》の辺りを撫《な》でるように打ちました。
「だめよ‼　もっと強く！　わたしの言った通りに、もっと強く‼」
資本論おじいちゃんは今度はもう少し強く「石野真子」ちゃんを打ちました。
資本論おじいちゃんは、自分よりも老いぼれた牛をラミイからエル・パソへ連行している老いぼれのカウ・ボーイのように、遠慮しながら「石野真子」ちゃんを打ちつづけました。
「このあばずれ女！　莫連女《ばくれんおんな》！　ぼくの生涯《しょうがい》を滅茶苦茶にした、汚らしい売女《ばいた》め！　おまえは……おまえは**三二テーゼ**だろう‼」
資本論おじいちゃんはしだいに興奮していきました。

「ああ……いたい……いたいわ」

「おまえは**三二テーゼ**だろう！　白状しろ！」

「ああ……いたい……はい……わたしは**三二テーゼ**です」

「うそだ！　おまえは**『日本資本主義発達史講座』**なんだろ！　そのくさい股座《またぐら》で何人の男をだましたんだ!!」

「ああ……そんなこと、知らないわ……やめてよ、いたいわ」

「言ってみろ！　おまえは**『日本資本主義発達史講座』**だ！　この淫売野郎《ビッチ》!!」

資本論おじいちゃんは躰《からだ》をわなわなと震わせるとしばりつけられている「石野真子」ちゃんを椅子ごと蹴《け》りたおしてしまったのです。

資本論おじいちゃんは「石野真子」ちゃんに唾《つば》を吐きかけると、横だおしになったままの「石野真子」ちゃんの手脚のいましめを解き、用意したナイフで黒のブラも黒のパンティも黒のガーターもみんな裂いてしまいました。

その時です。

「石野真子」ちゃんは急に黙りこんでしまった**資本論おじいちゃん**を見上げました。

「たってる《ウエイク・アップ》、たってる《ウエイク・アップ》、たってる《ウエイク・アップ》、真子ちゃん！」

「石野真子」ちゃんは間髪を入れずにおじいちゃんの珍棒をぱくりと呑《の》みこみました。**資本論おじいちゃん**の珍棒はフランコ将軍のマドリッド無血入城以来はじめて頭を上げたのです。

ともすれば萎《な》え衰えようとする珍棒をふるいたたせると、「石野真子」ちゃんはあおむけに寝転がり**資本論おじいちゃん**の両方の肩に一本ずつ脚を載せ**帆掛船**の姿勢をとりました。

「さあ、早く」

「ああ……おまえは**資本論・第1巻**だね？　そうだね？」

「ええ、そうよ、わたしは**フランス語版資本論・第1巻**よ、おじいちゃん」

資本論おじいちゃんは珍棒を潤《うる》んだ膣《ちつ》の中にすっかり入れると、そのままじっとしていました。

「素敵《トレ・ビアン》だよ、**資本論**《レ・キャピトール》。なんておまえの中はあったかいんだろう……」

わたしは「すばらしい日本の戦争」より先に待ち合い室に戻《もど》った。わたしは心の底から感動していたのだ。それにしても「石野真子」ちゃんが未《ま》だ十五歳だなんて。

レッスン③

最初のレッスンが終わり、家へ戻ってからの「すばらしい日本の戦争」はひどく大人しかった。「パパゲーノ」が用意した、ニンニク入りオムレツやスペア・リブやパテ・ド・ソヤ・ア・ラ・ジャポネーズ（豆腐のみそ汁《しる》）にもほとんど手を出さず、大好きなテレビの方も向かず、壁にもたれてぼんやりしているだけだった。

わたしと「パパゲーノ」は「すばらしい日本の戦争」の気持ちを引きたてるために大声で猥褻《わいせつ》なおしゃべりをすることにした。

「ぼくが家出したのは両親にうんざりしちゃったからなんだ。何しろ一年中さかりがついてるんだから、困っちゃうよね。夜になると素っ裸になってやりはじめるわけなんだけど、ゴリラみたいに吠《ほ》えるから兄弟姉妹全員起こされちゃって、十人家族なのに部屋は一つしかないからどうしようもなくってさ。

それでぼくたち兄弟全員が両親を見ながら手淫《しゆいん》するようになったってわけだよ。

でもね、あんまりやつらが長々とやるもんだから、そのうちにみんな呆《あき》れて平気で眠るようになったんだ。ある晩、やつらがいつものように汗だらけになってやっていたら、隣で寝てた姉きがぼくの手を引っ張って、股のところをさすってくれって言ったんだ。言われた通りにさすってやったらおしっこみたいなものが手についてびっくりして手を引っこめたら、姉きはもう鼾《いびき》をかいていたよ。それが一週間ぐらいつづいたら、今度は**上ニ乗ッカッテヨ**って言われちゃったね。**ヤダヨ、ボク**って断わったら姉きはぼくの耳を思いきり引っ張って、**ヒドイ目ニ会ワスゾ**っておどかすんだよ。仕様がないからパンツを脱いで姉きの上に乗っかったら、さあ大変、姉きは猛れつにぼくを揺すぶるだけじゃなくって両親よりでかい声でうなり出したんだ！　そしたらね、今まで何が起きても平気で取っ組み合っていた父親と母親がはじめて途中で止《や》めて、ぼくと姉きを叱《しか》ったんだ。**もっと静かにやれ！**　って」

げらげら笑ったのはわたしと「パパゲーノ」ばかりで、「すばらしい日本の戦争」はぼんやりしっ放しだったのだ。

「ねえ」

「何？」

「すばらしい日本の戦争」が沈みきったまま寝室に消えた後、ヘッド・フォンをつけて天井一杯に貼《は》ったジャクリン・ビセットの左脚の超拡大写真をみつめている「パパゲーノ」にわたしは言った。

「さっきの話、本当かい？」

「パパゲーノ」はヘッド・フォンを外し、わたしの言葉がきこえないふりをした。

「何？」

わたしもジャクリン・ビセットの脚を見た。超拡大されていても、その脚は美しかった。わたしは自分が途方もなく感傷的《センチメンタル》になっているのを発見した。

どうしちゃったんだろう、いつものわたしは？

「ジャクリン・ビセットの右脚はもっと素敵だろうねえ」

「パパゲーノ」はにっこり笑って首肯《うなず》き、またヘッド・フォンをつけた。

わたしは悲しかった。

わたしは「現代名文全集」に必ず載っている「城《き》の崎《さき》にて」の哀れな蜂《はち》の死躰《したい》のように悲しかった。

わたしが蜂だったら、絶対に志賀直哉の前では死ななかったのに。

蜂さんたち！　どうせ死ぬならリチャード・ブローティガンの前で死ねば良かったのだ。

〈ホークライン家の怪物・Ⅱ《パート2》〉は缶《かん》のビールを蜂の上からぶっかけた。

「いつまで死んだまねをしてやがるんだよ、ばーかめ！」

死んでいた蜂はあわてて生き返ると、メガネを探した。

「ないぞ！　ないぞ！　昨日、丸井のクレジットで買ったばかりの境い目のない遠近両用メガネ『バリラックスII』が見つかんない！」

わたしは疲れていた。

わたしの超自我《スーパー・エゴ》は、わたしに無断で一杯ひっかけてから寝室に行き鍵《かぎ》をかけてねむってしまっていた。

わたしはマウリツィオ・ポリーニと彼が弾いたショパンの練習曲作品25のことを考えた。わたしはまた悲しくなってしまった。

わたしはピアニストになりたかったのだ。

「力をぬくんです、フ、レ、ッ、ド、」

ミス・マリー＝アンヌは小学校六年生のわたしの手をつかみ、ゆらゆらゆすりながら言った。

わたしはフ、レ、ッ、ド、だった。わたしはフレデリック・フランソワ・ショパンになるつもりだった。ミス・マリー＝アンヌもそのつもりだった。

「手首に力は要りませんよ、フレッド」

わたしはピアニストになりたかった。

わたしは捕手《キャッチャー》にもなりたかった。

わたしはミス・マリー＝アンヌとの約束を守らず捕手《キャッチャー》をやっていた。ピアニストと捕手《キャッチャー》を同時にやることは不可能だった。それはＰＦＬＰ（パレスチナ解放人民戦線）の議長とイスラエルの国防相を兼任するより難しいことだった。

灘《なだ》区少年野球大会の準決勝。わたしたち「東灘少年タイガース」は2対1で、「御影商店街リトル・ホークス」を1馬身引き離して最終回の守備についていた。

ワン・アウト二塁三塁、**ライトを守っている八番バッター**はこしゃくにも二度三度と素振りをしてからバッター・ボックスに入りマイケル・ソロムコ外野手のようにダイナミックに構えた。

ライトを守っている八番バッターは名誉ある灘区少年野球大会で不滅の29打席連続三振をつづけていた。**ライトを守っている八番バッター**の滑らかにニス光りした赤バットには未《いま》だ一度もボールが当っていなかった。

スクイズかな？

わたしは一球目を高く外すようピッチャーに要求した。

ボールはストライク・ゾーンから1マイルも離れたわたしのミットに届いた。**ライトを守っている八番バッター**はダイナミックに空振りし、ずでんと尻《しり》もちをついた。

なんや！　ボールだったんかいな、アホくさ。

スクイズはないな。

わたしは内角高目のストレートを要求した。六甲山脈の彼方《かなた》の空はどこまでも蒼かった。心配するなよ、大丈夫《オーケー》さ。ＧＯ！（行け）

ピッチャーの手からボールが離れた瞬間、わたしは三塁ランナーが猛然とホームへ突っこんで来るのを発見した。

野郎！　わたしは思わずボールをつかもうとして両手を前へ差しだした。

スクイズだ！　みんながそう思った。サインを出した「御影商店街リトル・ホークス」のコーチや選手たちも、守備についている「東灘少年タイガース」も、観客も、みんな**スクイズ**だと思った。

ところが**ライトを守っている八番バッター**だけはちがった考えをもっていた。野郎はボールが近づいてくれば、その正確な位置など気にせずにダイナミックに振るのが大好きだったのだ。

ライトを守っている八番バッターがダイナミックに振ったバットははじめて獲物をとらえた。そのミート・ポイントは、ボールとは垂直距離にしておよそ30㎝水平距離にしておよそ2mずれていたが、わたしの両拳《りょうこぶし》をミットごと見事に痛打したのだ。

病院のベッドの横で泣いているのはミス・マリー＝アンヌだけで、わたしのパパとママはきょとんとし、わたしの妹はにやにや笑っていた。

目覚めた瞬間、はね起きたわたしは叫んだ。

「守備妨害だよ！　ストライク・ゾーンの外の拳を撃つのは絶対守備妨害だよ！」

「だから、あれほど言ったのに、フレッド。捕手《キャッチャー》は絶対だめだって」


ミス・マリー＝アンヌ、わたしの胸は今でも痛みます。わたしは野球をやりたかったのではありません、わたしは捕手《キャッチャー》をやりたかったのです。もし、フットボールやバスケットボールやサッカーや水泳や三段跳びに捕手《キャッチャー》というポジションがあったら、わたしはそこで捕手《キャッチャー》をやったでしょう。

捕手《キャッチャー》はホーム・ベースの後ろに座りこんで愛するボールが到着するまで貞操《みさお》を護《まも》って待ちつづけるか弱い女ではありません。

捕手《キャッチャー》こそゲームの中心であり、責任者であり、ゲームを創り出し、プレイヤーを鼓舞し、詭計《トリック》を用いて敵を欺《あざむ》くのです。


「ねえ、ピッチャー、一球つり球で行くぜ」

「センター、もっと右へ」
「サード、スタンドの女の子ばっか見るな！」
「ねえ、バッター。君っていい尻《けつ》してるねえ」

「パパゲーノ」。君はほんとうにいい子だよ。君のようにおしゃぶりできる子はどこにもいやしない。

T・O《ティミィ》　親愛なるT・O《ティミィ》
わたしが性交したいと思う女性は君ぐらいだよ。君の顔なら、性交中にみつめ合っても、わたしはきっと吹き出さないだろう。

「ヘーゲルの大論理学」！　いつか君と約束したように、二人でニューヨーク・シティ・マラソンに参加し、四十二・一九五キロメートルを、全米の障害者たちの大群と共に一週間がかりで完走しようね。

「すばらしい日本の戦争」

わたしの本能はちょっとばかり躓《つまず》いた。

わたしの本能は沈黙した。

わたしの本能はこわがっていた。


「すばらしい日本の戦争」

あなたは何のために戻《もど》って来たんです？

レッスン④

その晩、わたしと「パパゲーノ」はアベラールとエロイーズのように純潔な心で、ひしと抱き合って睡《ねむ》った。

わたしは夢の中で、キャッチャー・ミットにせっせとオイルを塗っているところだった。

BOMB《どかん》！ BOMB《どかん》！ GUWAAAN《がっしゃーん》！

「パパゲーノ」はわたしの首ったまにしがみついて震えていた。まっくらだった。

BOMB《どかん》!　GYNNN《ぐしゃん》!

そのすさまじい爆発音は「すばらしい日本の戦争」の吠《ほ》える声だった。

BOMB《どかん》!

BOMB《どかん》!

BOMMMMMMMMM《どっか――ん》!

それは、人類誕生以前に、進化のプロセスを外れて滅亡した両棲類《りょうせいるい》の一亜種の最後の個躰が、永久にあらわれない配偶者を求める叫び声だった。

レッスン⑤

「すばらしい日本の戦争」は闇《やみ》の中に立ち尽していた。

「どうかしたのかい？」とわたしは聞いた。

「すばらしい日本の戦争」は震えている「パパゲーノ」をみつめ、わたしをみつめ、そしてわたしと「パパゲーノ」の間あたりにある深淵《しんえん》をみつめた。

「死躰を吹きとばすんだ」と「すばらしい日本の戦争」は言った。

「多すぎる」と言った。

「あの女の死躰があった」と言った。

「肉屋のでっかい鉤《かぎ》を両方の耳から突き通され、くりぬかれた目の代わりに埋めこまれた赤い豆電球をちかちか点滅させながら、あの女の死躰がもみの木にぶらさがっている」

レッスン⑥

わたしと「パパゲーノ」は「すばらしい日本の戦争」が寝つくまでベッドの傍《そば》にいて、「すばらしい日本の戦争」の手を握っていた。

眠りこんだ「すばらしい日本の戦争」の瞼《まぶた》に「パパゲーノ」は接吻《せっぷん》し、そしてわたしたちは寝室を出た。

「あの人は死躰の夢を見ているの？」

多分ね。

「あんなに暴れたのはT・O《ティミイ》のレッスンのせい？」

多分。

「あの人は治るの？」

わからない、わたしにはわからない。

レッスン⑦

一回目のレッスンでT・O《ティミイ》は「すばらしい日本の戦争」を怯《おび》えさせないようにワンピー

スの水着姿で、上半身だけ裸になった「すばらしい日本の戦争」に膝枕《ひざまくら》をしてやり、話をさせた。

「すばらしい日本の戦争」がT・O《ティミィ》に話した死躰は、ガス自殺した死躰のように気品を保っていた。

四回目のレッスンでT・O《ティミィ》はブラを外し、「すばらしい日本の戦争」におっぱいを触らせた。

「これが生きている人間のおっぱいよ、ダーリン」

七回目のレッスンでT・O《ティミィ》は「すばらしい日本の戦争」と接吻した。

十回目のレッスンでT・O《ティミィ》も「すばらしい日本の戦争」も裸になった。

「わたしの躰《からだ》を見て、ダーリン」

「すばらしい日本の戦争」はT・O《ティミィ》の躰を正確に観察した。

「眉毛《まゆげ》は硬く、はじをたんねんに毛抜きで揃《そろ》えてある。上唇《うわくちびる》はとてもうすく、下唇は厚く、ひらべったくて、ひどく釣合いが悪いようにも思える。乳房は左右の大きさが少しちがう。左側の乳房は大きめで少し丸みが強く、乳首はとび出たままだ。右側の乳房は高さは同じくらいだが少し細く、乳首は陥没していて正面から見るとマイナスのネジのように見える。腕のつけねには蚊が喰《く》った跡ぐらいにしか見えないが退化した乳房の残痕《ざんこん》がある。直径二ミリか三ミリぐらいだ。そして……」

「すばらしい日本の戦争」は机の上の「ラ・フロリダ」のレア・チーズ・ケーキの横にある**深淵**をみつめた。

「……少しずつ腐ってゆく。大腸壁が腐って穴が開き、そして……」

レッスン⑧

十二回目

「すばらしい日本の戦争」がT・O《ティミィ》に性的欲望を示す徴候はない。

T・O《ティミィ》は勃起《ぼっき》しない「すばらしい日本の戦争」の陰茎にさわった。

きちんと剝《む》けている正常な陰茎。年齢の割に色素の沈着が少なくまっすぐな筒。T・O《ティミィ》は睾丸《こうがん》を軽く握ってみた。正常《オーディナリイ》。

十三回目

「すばらしい日本の戦争」はT・O《ティミィ》のおっぱいを指でつついていた。

「キスして、ダーリン」

T・O《ティミィ》は乳首を「すばらしい日本の戦争」の口に含ませた。

「そうされると、固くなるでしょう?」

T・O《ティミィ》は「すばらしい日本の戦争」の陰毛を指にからませる。

「どうしたの?」

トルコ「ハリウッド」のT・O《ティミィ》の「治療室」のエア・マットのまん中に出現する深淵。

「ああ……見える、見えるよ、はっきりと」

レッスン⑨

「ヘーゲルの大論理学」がお見舞いに来た。

かれは「すばらしい日本の戦争」に深い同情心をもっている。

「カンガルーはすばらしい動物だぜ。ブタもすばらしいが、カンガルーはもっとずっとすごい。なにしろカンガルーはジャンプするんだからな。

おれは思うんだよ、あらゆる獣は翼手竜《よくしゅりゅう》の末裔《まつえい》なんだ。それは進化じゃなかったんだ、これが大切なところなんだ。

羽根は退化して手になっちゃったのさ。

哺乳類《ほにゅうるい》は飛ぶことを忘れて四つ足になっちゃったんだが例外が二匹だけいた。

カンガルーと人間がそうだ。

カンガルーも人間も後ろ足で立ったんだ。

人間は高くなった視野に満足して、地面を歩くために使用する必要がなくなった前足でそこら辺に落っこちているガラクタを拾ったり、鼻をほじったり、スカートをめくったりするようになった。ところが、カンガルーはちがったんだ。カンガルーはもっと高級な動物だった。

人間たちが手でちんぼをいじったり、首をしめあったりしているのを見たカンガルーは考えた。

手は大昔飛ぶために使ったものだ。言うことを聞かない牝《めす》をなぐるために使ったんじゃない。しかし、カンガルーは更に考えた。退化しつつある手を、もう一度飛行用に改良するのは難しそうだな。

カンガルーは、手はせいぜいかゆくなった鼻の頭をかくぐらいにしか使わず、後ろ足のトレーニングに励んだのさ。もっとずっと高くジャムプするためにだ」

「両足のないカンガルー」「すばらしい日本の戦争」がにっこりと笑いながら言った。

深淵は、「ヘーゲルの大論理学」の着ているカルダンのスーツの内ポケットにあった。

「ヘーゲルの大論理学」の躰がぐらりと揺れた。

突発性小林秀雄地獄がやってきたのだ。

「中也。かわいそうな中也。ハムレット様。かわいそうなハムレット様。イヴァン、かわいそうなイヴァン・カラマーゾフ……」

引き分け。

レッスン⑩

「すばらしい日本の戦争」は回復にむかっている。**何故《なぜ》だろう？**

十五回目

T・O《ティミィ》に抱きしめられながら「すばらしい日本の戦争」は言った。

「考えたくない。死躰《したい》のことなんか考えたくない。助けてT・O《ティミィ》」

「すばらしい日本の戦争」はT・O《ティミィ》の昆虫《こんちゅう》のように柔かい腹部に顔を埋めたまま**深淵**に落ちて行った。

十六回目

「苦しい。死躰のことを考えるのは苦しい」

「すばらしい日本の戦争」は血の海に沈んだ七十人の一家族《ファミリィ》の惨殺《ざんさつ》現場へ通じる**深淵**へ落っこちて行った。

レッスン⑪

自分が「異常」であるという認識の分離。

一日に二度か三度、一分ずつぐらい「正常」に近づく「すばらしい日本の戦争」。

レッスン⑫

十八回目

「これは、おっぱいだね」

「そうよ」

「これは恥毛だね」

「それは」

「これは……これは……」

「これは大陰唇《だいいんしん》」

「そう、大陰唇」

「これは髪の毛だ」

「そうよ、ダーリン」

「これは……T・O《ティミィ》!! 助けて」

いやいや、いやするように「すばらしい日本の戦争」が頭を振る。深淵が「すばらしい日本の戦争」をにらみつける。

「T・O《ティミィ》! いやだ。また死躰だ! ぼくの頭の中に、また死躰が」

二十回目
「空のこと考えられる?」

「ああ」

「海のこと考えられる?」

「花?」

「ああ」

「キャベツ?」

「……ああ……」

「か、か、か、カントリイ?」

「よくわからない。わからない……それは何なんだい……ああ……わからない……T《テイ》・O《ミイ》……頭が変だ。おかしい、おかしい、わからない、わからない、わからない、T《テイ》・O《ミイ》」

「考えないで! わたしを見て! 考えないで! ごめんなさい! ごめんなさい!」

二十二回目
「すばらしい日本の戦争」を定刻通りノックするすばらしい深淵。

泡《あわ》だらけになってじゃれ合うT・O《ティミィ》と「すばらしい日本の戦争」。

「やわらかい、君の躰はやわらかいね、T・O《ティミィ》」

「すばらしい日本の戦争」が笑う。

「ダーリン、わたしにキスして」

T・O《ティミィ》に「すばらしい日本の戦争」が接吻する。

T・O《ティミィ》は「すばらしい日本の戦争」の手を取り、泡の中で自分のおっぱいに腹に尻に陰毛に膣口に触れさせる。

T・O《ティミィ》は「すばらしい日本の戦争」の躰の上でゆっくり向きを変え、泡だらけの陰茎に接吻する。脈も熱もない「すばらしい日本の戦争」の陰茎。泡の中に潜んで出番を待っている**深淵**。

「どうしたの？　ダーリン！　どうしたの！」

レッスン⑬

親愛なるエホバ様、その後いかがおすごしでしょうか。二十三回めのレッスンから帰って来た「すばらしい日本の戦争」が再び夜中に発作を起こしました。「すばらしい日本の戦争」はわたしや「パパゲーノ」を見ると死躰だと信じこみ発作を激化させました。

親愛なるエホバ様、

わたしにはよくわからないのです。

わからない。

わかるような気もします。

しかし、

あなたは勝手すぎますね。全く。

迷惑です。大変迷惑です。わたしや「パパゲーノ」やT・O《ティミィ》や「ヘーゲルの大論理学」の身にもなって下さい。

わたしはポルノグラフィーを書いたり手淫《しゅいん》したり男の子と性交したりするだけであなたに迷惑なんかかけた覚えはないんですよ。

レッスン⑭

わたしは勇気を奮い起こして机に向かって原稿を書いてみることにした。「すばらしい日本の戦争」が来て以来、わたしの商売はあがったりなのだ。半日かかって書き上げた五枚ぽっきりの原稿をわたしは声を出して読んでみた。それはまるで**文学**としか形容のできない代物《しろもの》だった。

だめだよ。わたしはベッドに裸で寝転がり、手淫しながらでないとまるでだめなのだ。

「大変だよ！　『すばらしい日本の戦争』が湯ぶねの中で暴れてる！　早く来て!!」

くそ・くそ・くそ・くそ・くそったれ!!!

バス・ルームの入口で監視していた「パパゲーノ」は、湯ぶねの底で待ちぶせしていた**深淵**と取っ組み合いをしようとして頭から潜りこんだ「すばらしい日本の戦争」の躰をけん命に引っ張り出そうとしていた。

レッスン⑮

病状の回復と発作の激化は並行して進んでいる。

わたしと「パパゲーノ」は「ハリウッド」への送迎を「ヘーゲルの大論理学」に任せ、

その間に死躰のようにぐっすり眠る。

親愛なるエホバ様、

「義」が**「性交」**でないのは確かなようです。

報告、おわり。

追伸、わたしはあなたがきらいです。

レッスン⑯

T・O《ティミィ》が「ヘーゲルの大論理学」と一緒にやって来た。夜中だった。

わたしは二人を「すばらしい日本の戦争」の部屋に案内した。

毛布ですまきにされ、猿轡《さるぐつわ》をかまされてベッドにしばりつけられている「すばらしい日本の戦争」を見たT・O《ティミィ》の顔が蒼《あお》く、そしてすぐに紅《あか》くなった。

「あのね、今説明するけど……」

T・O《ティミィ》がわたしの右の頬《ほ》っぺたを張り飛ばした。痛いよ、T・O《ティミィ》。

「あのねT・O《ティミィ》」

もう一発。今度は反対側。

「まるで懲罰房だわね」とT・O《ティミィ》。

「まるで権力のしうちだぜ」と「大論理学」。

「わたしが預かるわ」とT・O《ティミィ》。

「おれが預かるぜ」と「大論理学」。

「あんたらはアホウだ」と泣きながら「パパゲーノ」。

頭がぼけている「パパゲーノ」は、とにかく一日中涙ぐんでいるのだ。

「『すばらしい日本の戦争』が正常な時に、自分で、ああしてくれって頼んだんだよ！ああしないとこわくてこわくてとても眠れないって言ったんだよ！」とぐずぐず泣きながら「パパゲーノ」。

T・O《ティミィ》はへなへなと座りこんだ。

「ヘーゲルの大論理学」は膝《ひざ》の具合いをためすみたいにそっとびっこをひいた。

レッスン⑰

レッスンは三十回を越した。「すばらしい日本の戦争」が正常でいられる時間は、最長で五分に達する。

「ぼくは詩人だったんだ、一冊詩集を出したような気がする……よくは、覚えていないけど」

両足と左手をしばられてカーペットに横たわった「すばらしい日本の戦争」が「ラ・フロリダ」のヨーグルト・ケーキを右手で食べながら言った。

一昨日《おとつい》、「すばらしい日本の戦争」は台所でいか入りのお好み焼きを作っていた「パパゲーノ」を死躰と間違えてしめ殺しそうになった。ひどく落胆した「すばらしい日本の戦争」は、昼間も自分をしばっておくようにわたしたちに頼んだのだ。

「一つききたいことがあるのだけど」とわたしは言った。

「いいよ」

「正常な状態から、その……死躰へ変わってゆくときはわかるんだね？」

「ああ……。まず、少し視野が暗く、そして狭くなるような気がする。そして何だか不安になる。あっ、死躰だと思う。それが始まりなんだ。『あっ、死躰だ』と思わなければ少しは先へ伸ばせるけど、どうしても頭が思ってしまうんだ。そして、気がついたらもうそこに入っている。上手《うま》く説明できないけれど、君も『パパゲーノ』もT・O《ティミィ》もみんな見えるんだよ。君たちの話していることも何をしているかもちゃんとわかっているのに、ただ余りに距離がありすぎるんだ。遠い、ものすごく遠くにいるんだよ。百万光年も遠くに。わかるかい？」

「何となく」

「そして死躰がぞろぞろやって来る。ぼくがどんなにじたばたしても勝手に頭の中で動き出す。どんなに……」

沈黙《ビー・サイレント》。

「わたしは百万光年先にいるのかい？」

「すばらしい日本の戦争」はわたしから百万光年離れて死躰にとり囲まれていた。

レッスン⑱

「ハリウッド」の赤い絨毯《じゅうたん》を敷き詰めた廊下を素っ裸の「すばらしい日本の戦争」が絶叫しながら走り抜けた。いたる所に**深淵**《しんえん》があった。保健所の検査のために開けられている三十センチ四方の窓で**深淵**はにやついていた。廊下の隅《すみ》のほこりをかぶった消火栓《せん》の説明用パネルに見えるのは実は変装した**深淵**だった。待ち合い室のドアに貼《は》ってある東宝東和のカレンダーに写っているのはオリビア・ハッセーではなく**深淵**だった。呆然《ぼうぜん》としている「ブルック・シールズ」ちゃんと手をつないで一緒に呆然として「すばらしい日本の戦争」を見送った無名のおじさんは頭のてっぺんから爪先《つまさき》まで全部が**深淵**にちがいなかった。

T・O《ティイミィ》もやはり素っ裸で、泣きじゃくりながら後を追った。

騒ぎを聞いた「石野真子」ちゃんもやはり素っ裸でT・O《ティイミィ》を追いかけた。

騒ぎを聞いた「ヘーゲルの大論理学」はカルダンのスーツを着たまま「すばらしい日本の戦争」とT・O《ティイミィ》と「石野真子」ちゃんを追いかけようとした。しかしそれは無理と言うものだ。

レッスン⑲

「ハリウッド」におけるT・O《ティイミィ》のレッスンは中止になった。

どっちみち中止せざるを得なくなるのは明らかだった。「すばらしい日本の戦争」が正常でいられる時間は五分以上には延びず、勃起《ぼっき》しそうな様子もまるでなかったからだ。

T・O《ティミィ》のレッスンは飽和状態に達していた。

レッスン⑳

T・O《ティミィ》のレッスンを終えた「すばらしい日本の戦争」は落ち着きを取り戻《もど》した。「すばらしい日本の戦争」は一日中壁にもたれ、テレビの画面とチャンネルをみつめていた。

「ねえ」と「パパゲーノ」が言った。

「『すばらしい日本の戦争』の見る死躰《したい》は全部ちがうのかな？　それとも同じ死躰が何度も出てくるのかな？」

うーむ。それは難しい質問だ。

「その死躰はだれが殺したの？」

うーむ。それも難しい質問だ。

「『すばらしい日本の戦争』はそこで何をしているんだろう?」

うーむ。まいったな。

レッスン㉑

わたしは、最初から、全部を、もう一度、ゆっくりと、徹底的に、考えてみた。

レッスン㉒

それはわたしの手に余ることだ。

レッスン㉓

どうすべきか？

レッスン㉔

殺し屋A「おれを呼んだか？」
殺し屋B「いいや、呼ばねえ」
殺し屋A「だれでえ、おれを呼んだのは」
殺し屋B「知らねえな」

レッスン㉕

レッスン㉑と同じことをした。

レッスン㉖

レッスン㉓と同じ悩み。

レッスン㉗

殺し屋C「すいません、ちょっとお訊《たず》ねしたいことがあるのですが」

「共産主義という名前の妖怪」「何？」

殺し屋C「わたしの友人、殺し屋A、殺し屋Bというのですが、をお見かけにならなかったでしょうか？」

「共産主義という名前の妖怪」「知らん」

レッスン㉘

その日は「すばらしい日本の戦争」の誕生日だった。「パパゲーノ」と「石野真子」ちゃんとT・O《ティミィ》が料理を作り、わたしが部屋の飾りつけをしている間、「ヘーゲルの大論理学」は「すばらしい日本の戦争」と**デンジマン塗り絵**をして遊んでいた。

デンジマン塗り絵ごっこにおいて「ヘーゲルの大論理学」は「すばらしい日本の戦争」の敵ではなかった。「ヘーゲルの大論理学」の塗り絵は下手くそでおまけに不正確だった。

「おい、君が青で塗っているのは**デンジイエロー**だよ。君はテレビを見てないのかい？」

天才デザイナーとしてのプライドを傷つけられた「ヘーゲルの大論理学」は**花の子ルンルン塗り絵**で再度「すばらしい日本の戦争」に挑戦《ちょうせん》し、そして、あえなく玉砕した。

「パパゲーノ」が自分で焼いたバースデイ・ケーキは素晴し《グレイト》かった《だった》。

「石野真子」ちゃんはギターの弾き語りで中島みゆきの「店の名はライフ」をニナ・ハーゲンの物真似《ものまね》をして唄《うた》った。

「ヘーゲルの大論理学」は「石野真子」ちゃんの伴奏で「レーニンの偉業を讃《たた》えるスターリンの演説付き、インターナショナル」をロシア語で唄った。それは驚異的によく似ていたが、気づいたのは多分わたしだけだった。

「パパゲーノ」は「ぼくは音痴だから」とことわって自分では唄わず、ギターで「影を慕いて」を弾いた。感激した「ヘーゲルの大論理学」はもう一歩で突発性小林秀雄地獄に捕まるところだった。

最後に真打として、わたしとT・O《ティミィ》が登場した。

わたしの伴奏でT・O《ティミィ》は『フィガロの結婚』の中から第一幕の「自分で自分がわからない」と第二幕の「愛の神様みそなわせ」を唄った。

T・O《ティミィ》の「愛の神様みそなわせ」ならわたしはウィーン国立歌劇場でも通用すると信じている。シュワルツコップの「愛の神様みそなわせ」もマリア・カラスの「愛の神様みそなわせ」も上手《うま》いことは上手いが、残念なことに彼女たちはトルコ風呂《ぶろ》のホステスではないのだ。

「すばらしい日本の戦争」は静かに座っていた。

レッスン㉙

わたしは便器にげろを吐いている「ヘーゲルの大論理学」の躰《からだ》を支えてやっていた。

「君みたいに意地汚ないやつはいないよ。まるでブタなみだ」とわたしは言った。

げろを吐きながら「ヘーゲルの大論理学」が何やらわたしに言った。それは「そんなにほめるなよ」としか聞こえなかった。

BOMB《どかん》! GWAAN《ぐあきん》!
BOMMMMBB《どっかーん》!

わたしは、頭から自分のげろに突っこんで行った「ヘーゲルの大論理学」を置き去りにして爆発音のした居間へ飛びこんだ。

悪かったな、「ヘーゲルの大論理学」、あとで頭を洗ってやるから我慢しろよ。

レッスン㉚

引っくり返されたテーブル、部屋中に散乱するホイップト・クリーム、チキン、ロースト・ビーフ、ピクルス、かきのたね、ピーナッツの殻《から》、レタス、オイスター、オイル・サーディン、おかかのおにぎり、七種類のチーズ、チンザノ、ピンク・ジン、ビールの泡《あわ》、全音楽譜出版社発行の楽譜、T・O《ティミィ》、「パパゲーノ」、「石野真子」ちゃん、モーリスのギター、そして中心にいるのは不意に正常に戻った「すばらしい日本の戦争」だった。

「ぼくを助けてくれ」と「すばらしい日本の戦争」は叫んだ。

レッスン㉛

「だれかぼくを助けてくれ！
だれか、ぼくの頭の中の死躰を追い払ってくれよ！
つらい。つらい。つらい。
ぼくは自分がだれなのか、何をしたいのかもわからない。ぼくには考えられないんだ。
死躰のことを考えさせないでくれ。
ぼくは他《ほか》のことを考えたい。
死躰のことなんか考えたくない!!
三十分でいいからぼくの頭に他のことを考えさせてくれよ！
死躰はきらいだ。自分のことを考えたい。
いや、死躰でなければ何だっていい！
おねがいだ！　だれか！」

「少しずつ良くなっていくよ」とわたしは言った。

「少しずつじゃだめなんだ！　ぼくはずっと昔から毎日、死躰のことばかり考えつづけて来た。毎日毎日一分の休みもなく死躰のことばかり考えるのがどれほど苦しいか、君たちには絶対わからない。絶対わからないんだ。今のままなら死んだ方がいい、このいやなことばかり考える頭を殺してしまう方がいい。その方がずっといい。

ぼくは三十分間でいいから、他のことを考えたいんだ!!」

深淵が現われるのがほんの少し遅れたのは、「すばらしい日本の戦争」の訴えの真摯《しんし》さにうたれたからではなかった。いちいちそんなことぐらいでほろっとなっていては**深淵**など務まるものじゃない、**深淵**は部屋があまりにも汚れていたのでどっちから「すばらしい日本の戦争」に近づこうかと頭をひねっていたのだった。**深淵**は病的と言っていいほど潔癖なのだ。

レッスン㉜

T・O《ティミィ》に抱きしめられた「すばらしい日本の戦争」はどろんとした目でわたしの方をみ

つめていた。深淵はわたしの肩に座って脚をぶらぶらさせていた。

わたしの言うことが聞こえるかい？「すばらしい日本の戦争」。

やってみます。そうです。どっちみちわたしはやるに決まっていますから。

「方法が一つあるよ」とわたしは「すばらしい日本の戦争」に話しかけた。「それは劇薬みたいなものだ。だから、わたしはそれを使いたくないんだ。でも君はどうしてもこれ以上死躰のことを考えたくないんだね？」

「く、くさい、何てくさいんだ」

百万光年向こうから「すばらしい日本の戦争」がわたしに信号を送っていた。「少し先に行くと、また手首が埋まっている。未《ま》だ埋められたばかりで蠅《はえ》もほとんどついていない。この手首の下にはもしかしたら頭や胴躰もついているかも知れない。片一方の拳《こぶし》は開き、片一方は握りしめて、まるでじゃんけんをしているようだ」

「助けてあげられるのね？」とT・O《ティミイ》が言った。

「やってみなければわからないよ」

T・O《テイミイ》　わたしは6章に入ってからわたしのきらいな十九世紀市民小説に出演している典型的まじめ人間になりっぱなしなのだよ。

レッスン㉝

わたしは、わたしと「すばらしい日本の戦争」が寝室に閉じこもっている間、絶対にドアを開けないよう命令した。

それからわたしは寝室に本を三冊携行することにした。それはわたしの**孤島にもっていく三冊の本**だった。

わたしは本棚《ほんだな》をにらみつけ迷わずに二冊を選んだ。

(1)　大島弓子傑作集（サンリオ出版。千五百円）

(2)　サー・チャールズ・レスター著　佐藤正人訳　サラブレッドの世界（Bloodstock Breeding）（サラブレッド血統センター刊。二千円）

三冊目を選ぶことはわたしには出来なかった。何を選んでもあとで後悔するにきまっているのだ。

レッスン㉞

「エクソシストみたいだ」と「パパゲーノ」が言った。

「うん、エクソシストみたいだ」とわたしは答えた。

ウィリアム・フリードキンの『エクソシスト』か、なるほど。

レッスン㉟

「すばらしい日本の戦争」はベッドに寝転がって天井をみつめていた。

わたしは『サラブレッドの世界』の目次を捜し第17章「ハイペリオンの影響」を読んだ。

「一九三三年のダービー勝馬（注、もちろん英国ダービー馬のこと。つまりハイペリオン）は、一九三二年の勝馬（注、エイプリル・ザ・フィフス）とは、全く異ったものだった。

ハイペリオンは、数世代にわたって注意深く繁殖が行なわれた結果の産駒であり、費用にかまわずつくられたあらゆる調教施設をもった大きな、そして強力な厩舎《きゆうしや》で育った馬であり、そして金持の所有者があたえることのできるあらゆる恩恵にとりまかれていた。

エイプリル・ザ・フィフスは、ひじょうに貧弱な歴史をもったファミリイからたまたま生まれた馬（chance-bred horse）で、小さな貧弱な厩舎で調教された、そして実際には、世界に大いに自分の途《みち》をきりひらいていかねばならなかったのだ。

ハイペリオンは、偉大な種牡馬《しゆぼば》となったが、エイプリル・ザ・フィフスは、種牡馬として全く失敗だ、とけなされねばならない」

わたしは次に「大島弓子傑作集」の中からまず『リベルテ144時間』を読み、『草冠の姫』を読み、最後にもう一度『リベルテ144時間』を読み返した。

そしてわたしはやっと自分の心を落ち着かせることに成功したのを感じた。

さあ、はじめよう。

わたしはベッドに寝ている「すばらしい日本の戦争」に近づき、天井にはりついている**深淵**をさえぎるように、「すばらしい日本の戦争」にむかって屈《かが》みこんで言った。

「『すばらしい日本の戦争』。わたしにはわかっています。わたしは最初からずっとわかっていました。あなたは気が狂ったふりをしているだけです」

終章　追憶の一九六〇年代

レッスン㊱

「ばれちゃったのか」と男は言って、無邪気に笑った。

「ええ、ばれちゃいましたよ。わたしは、精神病にかけてはちょっとうるさいんです」

わたしは笑い返そうとした。だが、わたしの笑い顔はひきつって逮捕写真のようにユーモアが欠けていた。

レッスン㊲

わたしはわたしのパパを大変尊敬している。

もちろんわたしだってあの**追憶の一九六〇年代**を経なければわたしのパパを尊敬することもなかっただろう。わたしが精神病にかけてちょっとうるさいのはもちろんわたしのパパのせいだ。わたしのパパは精神科のお医者さまだったからである。

わたしのパパは「大阪ステラ・マリス精神病院」の院長だった。「ヘーゲルの大論理学」もT・O《ティミィ》もみんなわたしのパパの患者だった。わたしのパパは「ヘーゲルの大論理学」とT・O《ティミィ》も治すことができた。「あれで治ったと言えるのかい」と訊《たず》ねる野郎がいたら、それは無知で思いあがった野郎なのだ。

わたしのパパはまじめな精神科医なのであって、神様ではない。

わたしのパパはとってもまじめだった。

かれの家族が次々に自分の治療を必要とするようになっても愚痴ひとつこぼさなかった。

最初にわたしが、続いて妹が、最後にママが、おかしくなった。

わたしのパパの血統は代々、わたしのパパのパパも、その又パパも、由緒ある精神科医だった。なんだったら、偉大な斎藤茂吉のファミリイを想像してもらえればてっとり早い、当然わたしは北杜夫に相当するだろう。

　わたしのパパは精神病はもしかしたらビールス性の伝染病じゃないかという疑問に悩まされながらも、とうとうわたしも妹もわたしのママも治してしまった。

　わたしはわたしのパパを尊敬していると書いた。それは、とうとうわたしのパパが自分から進んで患者になってしまった今でも変わらない。わたしのパパは患者の方がずっと楽だと思ったのだろう。

　今、わたしのパパを主に診てくれているのは「福岡ステラ・マリス」の院長で叔父、即ちわたしのパパの弟だ。

　わたしのパパの弟は、わたしのパパをあんな風にしたのはわたしや「ヘーゲルの大論理学」やT・O《ティミィ》やわたしの妹やわたしのママのせいではないかというわたしの悩みに対して「ちがうんじゃないかな」と言った。

「主たる原因は」とわたしのパパの弟はわたしに言った。

「**追憶の一九三〇年代**だよ、きっと」

　わたしはわたしのパパの弟と一緒に病室のわたしのパパを見舞った。

　わたしのパパは気持ちが平穏な時には大てい机にむかって書き物をしている。その格好だけは患者になる前とかわらない。わたしのパパが書いているのは、わたしのパパの弟によると、かなり破格なギリシア語とラテン語による架空の歴史なのだ。

「あなたは精神科医だったんですよ、精神科医。わかりますか、兄さん」とわたしのパパの弟は言った。

「そりゃ、けったいやな」とわたしのパパは答え、そしてわたしを見て言った。

「けったいやと思わへんか、あんた」

全くだよ、パパ、わたしもそう思うよ。

レッスン㊳

わたしと「すばらしい日本の戦争」はベッドの縁に並んで腰かけていた。

わたしも「すばらしい日本の戦争」も話をどう切り出していいのかとまどっていた。わたしたちはどうしても話し合わなければならなかった。

「ぼくは気が狂ってはいない、しかし……死躰《したい》のことはみんな事実なんだ」

「わかっています」とわたしは言った。

それは気が狂っていることより遥《はる》かに困難な問題だった。

レッスン㊴

「タバコが欲しいな。ずっと喫《の》んでないんだ。気の狂った人間がタバコを喫むのかどうかわからなくてね」
「喫みますよ」とわたしは言った。「気が狂ってもタバコは喫むもんです」

レッスン㊵

わたしたちはタバコを喫み、そしてもう一度話しはじめた。もちろん「すばらしい日本の戦争」の治療のためだった。
わたしに自信はなかった。

それはわたしのパパのような名医でなければとても務まらない仕事だった。
しかし、もうわたしはやりはじめてしまっていたのだ。

レッスン㊶

舞台上手からマシン・ガンで穴だらけになった死躰を引きずって殺し屋A、殺し屋Bが登場、舞台を横切り下手へ消え、次いで舞台中央から殺し屋Cがせり上がって来る。
殺し屋C「わたしたちは手順を重視します。極限状況において役立つのは手順だけなのです」

レッスン㊷

わたしはベッドの上でいつの間にかうたたねをしてしまっていた。
寒いな、少し。

わたしは目を覚ました。

頭がいたかった。

床にごろりと横たわって「すばらしい日本の戦争」がすやすや寝息をたてていた。

「起きて下さい『すばらしい日本の戦争』」とわたしは言った。

「すばらしい日本の戦争」は目をぱっちり開き、少し伸びをし、わたしを見て、そして笑った。

「どうですか、気分は？　何か夢を見ましたか？　どうですか？」

わたしはひどく慌《あわ》てていたので何を質問していいのかわからなかった。

「すばらしいよ、最高だ。今、ぼくは自分について考えている。もう死躰はどこにもない。自分のことを考えられるということがこんなにすばらしいとは思わなかった。幸福だ。ぼくは治った。ありがとう。ほんとうにありがとう」

わたしはのろのろと立ち上がった。

わたしは完全に失敗してしまった。

わたしは、はずかしく、うちのめされ、死にそうだった。

レッスン㊸

イエス・キリストと大審問官はにらめっこをつづけていた。先に笑ったのはイエスの方だった。大審問官がやった「ミキサー車に轢《ひ》かれたドラえもんの顔」が余りに面白《おもしろ》かったからだ。

レッスン㊹

寝室から出て来たわたしにむかってT・O《ティミイ》と「パパゲーノ」と「石野真子」ちゃんと「ヘーゲルの大論理学」が同時に殺到した。

「あの人は？」とT・O《ティミイ》だか「パパゲーノ」だか。

「どうなったの？」と「石野真子」ちゃんだかT・O《ティミイ》だか。

「治ったの？」と「パパゲーノ」だか「石野真子」ちゃんだか。
「腹へったか？」と「ヘーゲルの大論理学」。
「そんなにどつかないでくれよ」とわたしは言った。「そんなにわるいことはしてないよ」

レッスン㊺

「治ったよ」とわたしは言った。

レッスン㊻

「治った」としか言いようがないのだ。

レッスン㊼

わたしはT・O《ティミィ》の耳に小さい声で囁《ささや》いた。

「『すばらしい日本の戦争』が君と会いたいって言ってる。君と性交したいんだって。行っておいでT・O《ティミィ》」

「まあ」と言ってT・O《ティミィ》は照れた。

「わたし、おフロに入ってないのに」

わたしはT・O《ティミィ》を「すばらしい日本の戦争」の待っている寝室におしこむと、土星の衛星タイタンの田んぼに立っているかかし（どんなものかわたしにもわからないが）のようにつっ立っている「パパゲーノ」と「石野真子」ちゃんと「ヘーゲルの大論理学」に厳かに宣言した。

「諸君。テータム・オニール嬢と『すばらしい日本の戦争』はただ今から性交を行います。傍役《わきやく》であるわたしたちはここから引き上げましょう」

レッスン㊽

日曜日午前三時、開いている店は一軒もなく、雪が降りはじめた「港の見える丘公園」でわたしたちは美しくもなんともない横浜港の夜景を眺《なが》めていた。

「さ、さ、さ、さ、ぶ、い！」

「さ、さ、さ、さ、ぶ、い！」

喋《しゃべ》っているのは「ヘーゲルの大論理学」一人ばかりであった。

「ひ、ひ、ひ、ひ、でえ、も、も、もんだ、タ、タ、タ、タクシ、シイで、家、家、家、家へ、かえ、え、る、る、よ、お、お、お、お、れ、れ、れは!!」

わたしは**止《や》むを得ざる理由で性交すべき状態と見なされる友人に対する義務あるいは友情**について「ヘーゲルの大論理学」に説明してやった。

それはわたしの身の上に起こったことだった。わたしが東京地方裁判所に提出していた五十六回目の保釈請求願いが許可になったのはわたしの判決が下りる一週間前だった。

それはまるでいやがらせとしか思えなかった。実刑判決確実のわたしは出所して一週間で逆戻《ぎゃくもど》りしなければならないのだった。

「わたしの友人たちはそれとなく察して、判決の前の夜、遅くなる前に帰って行ったよ」

「ヘーゲルの大論理学」は不意にリリック（抒情的《じょじょう》）な表情でわたしをみつめた。何か変なことを思いついたにちがいない。

「き、き、き、みは、け、けっ、けっこん、し、し、してた、た、の、の、か？」

「いいや」

「ヘーゲルの大論理学」の顔はどんどんリリック（抒情的）に変化していった。

「そ、そ、の、ひ、ひと、は、あ、あ、あ、と、とで、お、お、おく、さ、さ、さんに、な、な、なった、ひ、ひ、と、か？」

「いいや」

「ヘーゲルの大論理学」は突然どもらなくなった。

「その女《ひと》は君がはじめて性交した女《ひと》か？」

「いいや」

「ヘーゲルの大論理学」が長い間わたしについて誤った先入観を抱いていたことをわたしは初めて知った。

わたしは次に掲げる(1)から(8)までの人物が不幸にも全部異った人間であることをていねいに説明した。

(1)　わたしが最初に性交した女性
(2)　わたしが逮捕される前日に性交した女性
(3)　わたしが実刑判決を受ける前日に性交した女性
(4)　わたしが釈放されてから最初に性交した女性
(5)　わたしの最初の妻
(6)　わたしが最初の妻と別れる原因となった女性
(7)　わたしの二番目の妻
(8)　わたしが最後に性交した女性

「君はすけべーだ」と「ヘーゲルの大論理学」は大声で言い、わたしにかじりついている「パパゲーノ」に気づいて、もっと大声で、**「きみはどすけべーだ」**と言った。

レッスン㊾

クイズ　わたしが最初に性交した男性は次のうちだれでしょう？

①　わたしのパパ
②　わたしのパパの弟
③　ヨットクラブの先輩
④　見知らぬ黒人トランペッター
⑤　大森警察署の看守

レッスン㊿

わたしは自分を模範的市民だと考えている。何故《なぜ》なら、
(1) わたしは交通法規を遵守《じゅんしゅ》する
(2) わたしは離婚した後、子供の養育費を支払っている
(3) わたしは税の申告を誤魔化さない
(4) わたしはきせるや無賃乗車を行わない
(5) わたしの労働は民法上の「有躰物《ゆうたいぶつ》」を生産しないが、わたしのポルノグラフィーは手淫《しゅいん》によって劣情を解消させることを通して、社会秩序の維持に貢献している
(6) わたしは「パパゲーノ」という社会的孤児を養育している
(7) わたしは酒・タバコ・映画といった間接税の比率の高い嗜好品《しこうひん》を大量に購入することによって国家財政に寄与している
(8) わたしは「住宅公団野毛住宅建設反対同盟」に加入していない
(9) わたしは伊勢佐木《いせざき》町有隣堂の前の「金大中氏救出のための署名とカムパ」は素通りして、その横の「採血車」に二百 cc の血液を提供する

(10) わたしは衆議院議員選挙と同時に行われる「最高裁判所裁判官の国民審査」用紙に載っている二十名全員に○をつける

(11) わたしは日本中央競馬会勝馬投票券に対し二十五パーセントの控除《こうじょ》を国家に、南関東公営競馬連合会勝馬投票券に対しては二十三パーセントの控除を各地方公共団体に支払う

(12) 問題はわたしが過去の犯罪によって国家に対して負債を負っているかということだ例えば**ベッカリーア**の流れを汲《く》む学派ならわたしの負債はわたしが死ぬまで消えないことになってしまう。それでは困る！　わたしはわたしが模範的市民であることを**パシュカーニス**の「法哲学の一般理論」によって証明してみよう。

「犯罪と刑罰は、商品と貨幣の関係に対応している。それぞれの犯罪はそれぞれの商札をぶら下げて、裁判所という市場《マーケット》で売買される。資本主義的生産様式が支配的である社会においては、値のつかない犯罪は存在しない。

**　窃盗は『￥一年』で、強盗は『￥五年』で強姦《ごうかん》は『￥八年』で、この市民社会の法的市場《マーケット》の中を流通している。もし窃盗の『￥一年』という価格が充分に引き合うと生産者（犯罪者）が考えれば、生産（犯罪）は増大し、生産物の価値は相対的に下落する。つまり窃盗のプライスは『￥一年半』になる。**

**　それは商品の生産とは逆さの運動をする。資本主義的生産様式が支配的な社会において**

は、刑法とは商法なのである」


したがって「三年」を現金で支払ったわたしには国家への負債はない。

わたしは模範的市民だ。

レッスン㉛

わたしは寝室のドアをそっとノックし、ドアの隙間《すきま》から、世界で一番美しい光景《シーン》、十二分に満足した性交の後で抱き合ったまま深いねむりにおちている恋人たちを見て、再びドアを閉じた。

「ハッピイ・エンドね」とうんと小さい声で「石野真子」ちゃんが囁いた。

「まるで小説みたい」とうんと小さい声で「パパゲーノ」が囁いた。

「さ、ぶ、い。君はすけべーだ」とうんと小さい声で「ヘーゲルの大論理学」が怒鳴った。

わたしたちはそのまま居間で眠ってしまった。

「カンガルーの話もっとして」と「石野真子」ちゃんが小さく呟《つぶや》き、それからだれかが、ひそひそお喋りし、またひそひそ、くすくす、「すけべーかな?」、くすくす、ひそひそ、そしてみんな静かになった。

レッスン㉜

わたしは夢を見た。

わたしは捕手《キャッチー》で、ワールド・シリーズの最終戦、ツー・アウト満塁でむかえたどたん場九回の裏だった。

リバーフロント・スタジアムを埋め尽した七万七千六百四十八名の大観衆は熱狂の頂点に達していた。球場のあちこちでファン同士のこぜり合いが起こり、かけつけた大阪府警第一機動隊が催涙ガス弾を打ちこんで鎮圧しようとしていた。

わたしたち**追憶の一九六〇年代**は絶体絶命のピンチをむかえていたのだ。

ピッチャーの「すばらしい日本の戦争」は帽子のひさしに手をやってわたしを見た。

わたしは「すばらしい日本の戦争」にサインを送るためミットの裏に貼《は》ってある乱数表をのぞいた。わたしは顔から血の気が引いていくのを感じた。ミットの裏に貼ってあるのは乱数表ではなく「東京拘置所出納係」の受領書《レシート》だった。

わたしは敵軍に気づかれぬようにボーイ・スカウトで習った手旗信号で「すばらしい日本の戦争」に、事故《アクシデント》があったことを知らせた。

「やばいよ！　乱数表を盗《と》られちゃった！」

ファーストのT・O《ティミイ》はベースの上に腰かけて「恋とはどんなものかしら」を唄《うた》っていた。

セカンドの「石野真子」ちゃんとショートの「パパゲーノ」は人工芝の切れ目の所に座りこんで、お互いの性器の見せっこをして遊んでいた。

サードの「ヘーゲルの大論理学」はマシン・ガンをサード・ランナーの背中におしつけていた。

「ここから一歩でもホームへ近づいてみやがれ、あの世行きだぜ」

わたしはもう一度「すばらしい日本の戦争」に信号を送った。

「君からサインを出してくれ！」

「すばらしい日本の戦争」はわたしにサインを送った。

ワカラナイヨ!!

そのサインはほとんどデタラメとも思えるほど複雑だった。そのサインを読解することは相手チームはもちろん、わたしたちのチームにも不可能だった。

「すばらしい日本の戦争」はもう一度わたしにサインを送り、そしてニヤリと笑った。

チョット待ッテ！　今「ルールブック」ヲ見ルカラ、チョット待ッテ！

「すばらしい日本の戦争」は大きくワインド・アップし、高々と足を上げた。

レッスン㊸

わたしの目の前に立っているのは、わたしのパジャマの上の方だけを着ているT・O《ティミィ》だった。

「あの人がいない」とT・O《ティミィ》は言った。

「あの人がいなくなっちゃった」

「そうかい」とわたしは答えた。

冬は寒いなとわたしは思った。

寒いや、とっても。

エピローグ

慶応大学附属病院で司法解剖された後、「すばらしい日本の戦争」の遺体《いたい》はわたしたちの所に戻《もど》された。

火葬場に着いたわたしたちは、重心をとるため「ヘーゲルの大論理学」を除外して、T・O《ティミイ》、「パパゲーノ」、「石野真子」ちゃん、わたし、の四人で棺《ひつぎ》を焼却炉のローラーの上に載せた。

ガラ、ガラ、ガラ、ガラ、ガラ、ドシン、ピシャ。

棺はこんな音をたててローラーの上を滑り、焼却炉の中へ入って行った。

「あの、誠にすいませんが」と、焼却炉の真正面の長椅子《ながいす》に一列に並んで腰かけて「すばらしい日本の戦争」が焼きあがるのを待っているわたしたちに、遠慮しながら話しかけた男たちがいた。

男たちは全部で三人だった。

「サンケイ新聞」の腕章をした男。

「朝日新聞」の腕章をした男。

正躰不明の男。

「サンケイ新聞」の腕章をした男がわたしに言った。

「あなたたちは、故人の**関係者**ですか?」

わたしは「ヘーゲルの大論理学」に言った。

関係者ですかって?

「わたしたちは、かれの**関係者**ですかって」

「ヘーゲルの大論理学」はわたしの顔を見、そしてつづいてT・O《ティミイ》の顔をみつめて、リリック（抒情《じょじょう》的）に言った。

「おれたちは**関係者**かってよ！」

T・O《ティミィ》は涙でぐしゃぐしゃになった顔を救《たす》けを求めるように、わたしと「ヘーゲルの大論理学」に交互に向け、深い深い苦悩にみちた声で呟《つぶや》いた。

「わたしたちが**関係者**かって聞いてるのね」

今度は、「サンケイ新聞」の腕章をした男に代わって「朝日新聞」の腕章をした男がわたしに訊《たず》ねた。

「あなたたちは、故人の**友人**ですね？」

友人ですねって？

わたしはもう一回、「ヘーゲルの大論理学」の揺れ動く躰《からだ》のどまん中めがけて言った。

「わたしたちは、かれの**友人**ですねって」

「ヘーゲルの大論理学」は不意打ちをくらってよろめくと、けんめいに躰勢を立て直し、**突発性小林秀雄地獄**を彷徨《さまよ》っているときより更にリリック（抒情的）な調子でT・O《ティミィ》に言った。

「おれたちは、奴《やつ》の**友人**なのかってよ!!!」

T・O《ティミィ》は全身を硬直させたまま、あと一撃で絶望の余り即死してしまいそうな声で、やっと呟いた。

「わたしたちが、あの人の**友人**なのかって聞いてるのね」

恐怖におののいて沈黙してしまった「サンケイ新聞」と「朝日新聞」に代わって三人目の男がわたしの前に進み出た。

その正躰不明の男は、コンドームのセールスマンのように慇懃《いんぎん》な口調でわたしに言った。

「君たちは、全然関係ないのかね?」

わたしは黙って肩をすくめた。

何と答えたらいいのかわたしにはわからなかった。

三日前のことだ。

京浜東北線関内《かんない》駅の改札口を出たとたん、少し立ち眩《くら》みがした。天気が良かったからだ。二秒か三秒の間。すぐにわたしは歩きはじめ、そして赤いアンブレラをさした赤いワンピースの赤いエナメル靴《ぐつ》を履いた小さな女の子にぶつかった。

「ごめんなさい」と小さな女の子の死躰がわたしに言った。

わたしは未《ま》だ立ち眩みがつづいているのだと思った。

「いいよ」

「どうも申し訳ありません」

三十を少し過ぎたばかりの、すいかのようなおっぱいをした母親の死躰がわたしに謝った。

わたしの口の中は驚愕《きょうがく》のためにからからだった。

わたしは歩道に立ったまま目を閉じ、深呼吸し、心の中で「マントラー、マントラー、マントラー」と三度唱え、そしてゆっくりと目を開けた。

陽《ひ》がくまなくあたっている伊勢佐木町交差点は死躰で一杯だった。死躰たちは、押し合いへし合いタバコをくわえ口笛を吹き腕を組みあくびをし風船を喪《な》くして泣きわめき鼻をかみ屁《へ》をこきせびり走り転び地だんだをふみ痰《たん》をとばし尻《しり》をなで万引し喚《わめ》き立ち小便しマッチを配り署名をおねがいしアイスクリームをなめ肛門《こうもん》に指を突っこんで嗅《か》ぎああくせえと思い平らげ急に催してトイレへ駆けこみ立ったまま手淫《しゅいん》しトイレットペーパーについたやつをそっと女店員の制服にこすりつけ「中華飯店」の裏の大女にちんぼをかまそうばばあを踏み殺そうああだめあれはひでえあそこをたわしで洗ってやんなきゃ中村川に「上等兵」の死躰があがった知ってらあ狂ったじじい「幸福荘」に住んでたみにくい年寄りくさい年寄りちがうよ中村橋の横のゴミ箱に住んでたやついつもフタの代わりのダンボールをめくると首をぬっと出しやがって屋根とるな！　ギャア知らないやつは腰ぬかした看守にちんぼしゃぶらされちまったやつらよってたかって皮かむりのひでえさいていのあかだらけのちんぼを行こ行こだせえんだよじっさいなにもかも死んじまうばけつの水にねこの仔《こ》つっこむといつまでも鳴いてやがるミャアミャア早く死にやがれ死ぬっておもしろいねこも人間も死んじまうたのしいなじつはおれも死んでたりして生きてるまねだったりしてまじめにやってるふりだったりしてみんなそうだったりしてだからどうだっていうわけではないなにごともなく万事快調。

初出時、差別用語の使用を指摘されたので、その部分を書き改めることにした。
その箇所は、読んでいただければおわかりと思う。

（新潮文庫版あとがき）

著者から読者へ

「文学」など一かけらもない

高橋源一郎

久しぶりに、『ジョン・レノン対火星人』を読み返してみた。

読む前は、少し心配だった。なにしろ、もう長い間、読んだことがなかったのだ。もし、面白くなかったら、どうしよう。若気の至りのような作品で、いまとなっては読むに耐えないものだったら、どうしよう。というか、赤面のあまり、最後まで読めなかったら、どうしよう。そう思った。要するに、文学史に残る傑作ばかりを蒐集せんとする文芸文庫にふさわしくなかったら、どうしよう。そう思ったのだ。その場合には、編集部に、こういわねばならぬのではないか。

「すいません。この小説、やっぱり、文庫に入れるの止めます」

そしたら、良かった。思っていたより、ずっと。いや、正直にいおう。すごくいいんじゃないか、これ、と思ったのだ。

ひとことといっておくが、わたしは、自惚れ屋ではない。小説家の傍ら、批評家というか文芸評論家も開業しているのだ。我が書くものならなんでも傑作などと、そんな厚かましいことは口が裂けてもいえないのである。

だから、ほんとにホッとしている。いや、心の底では、こんなことさえ思いはじめたのだ。もしかしたら、これ、ぼくの書いた最高の作品ではないか？　これ以上のものは、もう書くことができないのではないか、と。

『ジョン・レノン対火星人』は数奇な運命をたどった作品だ。実は、これ、ぼくのデビュー作となるはずだったのである。

およそ十年、書くことから（文学から）遠ざかって後、ぼくはようやく小説を書きはじめた。最初は、なにもわからなかった。なにを書いていいのか、そもそも小説とはなになのか、いや、いったい自分が誰で、いまがどの時代なのか、それさえわからなかった。五里霧中、なんにも見えない、真っ暗な世界で、ぼくは書きはじめた。そして、それは少しずつ、形を現していった。

ある瞬間、ぼくの中で、なにかが点灯した。なにごとかを書きはじめた人間には、生涯に、一度か二度、そういう瞬間が訪れるのである。そして、ぼくは『すばらしい日本の戦争』というタイトルの小説に着手した。

書くべきことはわかっていた。

それは、奇妙なものでなければならなかった。考えうる限りバカバカしいものでなければならなかった。最低のもの、唾棄されるようなもの、いい加減なものでなければならなかった。この世の人すべてから、顰蹙をかうような作品でなければならなかった。グロテスクでナンセンスで子供じみていなければならなかった。お上品な文学者全員から嘲られるような作品でなければならなかった。書きたいことは他になかった。そして、そういうものなら、いくらでも書けるような気がした。いくらでも、書いていたかった。ずっと、その小説を書き続けていたかった。小説が終わってしまうことが、なにより、とても淋しかった。書き終えた時、ぼくは、傑作を書いたという確信をもった。これでデビューするのだ。この作品をもって、この作品のメッセージと共に、ぼくは、世界に飛び出すのだ。そう思った。

ところが、「群像新人文学賞」に応募した『戦争』は、最終選考まで残ったが、結局、落選してしまった。選考委員から、ほんとに「顰蹙をかって」しまったのだ。

失意のぼくを励ましてくれた、はじめての担当編集者Aさんの勧めで書いたのが、『戦争』とは、まったくタイプの違う作品、優しく、単純で、詩の一杯詰まった『さようなら、ギャングたち』だった。

『ギャング』は、ある意味で、「文学」に満ちた作品だった。だが、ぼくは、ほんとうは、

「文学」など一かけらもない作品で、つまり『戦争』でデビューしたかったのだ。

『ジョン・レノン対火星人』は、その『すばらしい日本の戦争』を、少し書き直して発表したものだ。中身は、ほとんど変わっていない。この作品には、ほんとうのところ、むき出しの憎しみや怒りが詰まっている。おそらく、実はぼくの中にも。だから、この作品は、ぼく自身にいちばん似ている。なのに、これ以降、ぼくはずっと、こんな作品を書けないでいる。

解説
過激派的外傷あるいは義人とその受難

内田　樹

解説を頼まれたときは、「いいですとも！」と二つ返事で引き受けたのだけれど、いざ向き合ってみると、『ジョン・レノン対火星人』は論じにくい小説だった。決して難解な小説ではないし、テーマも方法論的な意識もはっきりしている。そういう外形的な理由で論じにくいのではない。なんだか気鬱なのである。

それは、たぶん高橋さん自身も感じていて、それがこの小説を書いた理由の一つでもあるはずの、いつまでたっても私たちの世代の人間をなんとも座り心地の悪い感じにする「過激派の時代を生き残ってしまったことに対する疚しさ」である。

そのことについて、個人的に思うことを少し書きたい。

一九七〇年、私たちは二十歳だった（私と高橋さんは同学年である）。そして、当時の仲間たちの多くがそうであったように私たちは二人とも（別々の場所においてではあったけれど）「過激派学生」だった。

私たちが「過激派」と呼ばれたのは、私たちの存在が社会にとって危険な存在だったからではない（現に、「過激派」の運動は、日本の外交政策にも経済戦略にもほとんど何の影響も及ぼさなかった）。私たちが「過激派」と呼ばれたのは、私たちの存在が私たち自身にとって危険だったからである。

考えてみれば分かることだ。

例えば、「職業革命家」は革命的政治行動の「プロ」である。

地下政治運動そのものはたしかにリスキーな仕事ではあるけれど、そのリスクは、鳶職が足場を組んだり、床屋が髪を刈るときに要する職業的な気遣いと本質的にはそれほど違うわけではない。鳶だって足場で滑れば転落死するし、床屋だって気を抜けば客の喉を掻き切ってしまう。どんな仕事にも固有のリスクがある。だから、「メチエを知っている人間」は、その職種に固有のリスクをどうやってマネージするかについての散文的でクールな技術を習得している。

でも「過激派」である私たちは「政治活動のアマチュア」であった。というか、「政治活動のプロ」（既成政党）を全否定することに「過激派」の本義はあったわけだから、「過激派」の若者が「政治活動というメチエ」についてなにごとか有用な経験則を習得しているということは原理的にありえないことだったのである。無党派のラディカリズムというのは「アマチュアリズム」そのものであった。

私たちは「革命」的政治行動を実践するということがどんなリスクを冒すことであり、そのリスクからどうやって身を守ればよいのかについて、ほとんど何も知らなかったし、知ろうともしなかった。そして、いきなり「現場」に踏み込んだのである。

どうして、そんな無謀なことができたのか。今でもうまく説明することができない。

たぶん、私たちは「過激に生きるか凡庸に生きるか」の二者択一が自分たちにはつきつけられており、誰もそれを避けることができないと思い込んでいたのだろう。

でも、二十歳前の若者に向かって「過激か、凡庸か」を選ばせるというのは、フェアなやり方じゃないと思う。そんなきわどい選択肢を前にして、生意気ざかりの少年少女が「私は、凡庸でも安全な生き方の方がいいです」というような回答をなしうるはずがないからだ。その年代の若者は「マリファナ吸う？」とか「セックスしない？」とか「革命やろうぜ」というようなオッファーに対して、「よくわかんないから、少し考えさせてくれませんか」という冷静な応接をすることは許されていないのである。

私たちは即答することを強いられていた。そして、困ったことに、「逡巡せず即答すること」はすでにして「過激派」におけるもっとも評価の高い「徳目」だったのである。「過激派」の諸君の中には多くの魅力的な人々がいたけれども、「ものごとを熟慮し、決断をためらう人間」だけはいなかった。もっとも冷静な戦略家でさえも、「やるしかねえよ」というようなパセティックな言葉で長い議論にけりをつけることを厭わなかった。私たちは「熟慮しないこと」の危険性をあまりになめてかかっていた。

「過激派」の政治へのコミットメントは、私たちにとって、おのれの正義の感覚や倫理性を検証する「踏み絵」だった。私たちはそれを「君はどちらのボタンを押しますか？『恋と革命』のボタン、それとも、『終わりなき日常』のボタン？」というような定型的な問いかけに、「もちろん、『恋と革命』さ！」と「正解する」ことでクライマックスを迎える「選択のドラマ」にすぎないと思っていた。

まるで間違っていた。

私たちは「恋と革命のボタン」を押したつもりで、自分の処刑執行許可書に署名してしまったのである。

というのは、「過激派」の政治活動とは、ほとんどの場合、見知らぬ人から暴力をふるわれても文句を言えない立場に進んで身を置くことに他ならなかったからである。

私たちは（牧歌的にも）、論理的に整合的であり、倫理的に高潔な人間は、そうでない人間よりも、逮捕されたり負傷したりテロにあったりする確率が低いのではないかと期待

高橋源一郎（昭和57年）

していた（それくらいには「歴史の審判力」を信じてもよいのではないか、と）。まるで間違っていた。

暴力はランダムに、非論理的に、無原則的に、私たちを襲った。勇敢な者も、卑劣漢も、政治意識の高いものも、政治意識のかけらもないものも、そのような個人的属性とは全く無関係に暴力にさらされた。リアルでフィジカルな暴力のほとんど無垢なまでの邪悪さに私たちは驚倒したのである。

「過激派」の出会った暴力（それは同時に「過激派」が行使した暴力でもある）は論理的でも倫理的でも政治的でさえなく、ただ端的に、無垢なまでに「暴力的」だった。うち下ろされるジュラルミンの楯や撃ち込まれる催涙弾や飛び交う火炎瓶や突き刺さる鉄パイプは、私たち一人一人の心情や思想とは無関係に、リアルに人間の骨を砕き、皮膚を焼き、眼球を潰し、頭蓋を割った。

同時代の他の若者たちより少しだけ性急で、少しだけ社会的使命感の強かった若者たちが、その軽率な選択のせいで、何の準備もなく、いきなり「ほとんど無垢なまでに邪悪なもの」と顔を合わせることになったのである。

あるものは「邪悪なもの」に拉致され、あるものは生き延びた。

誰にも説明できない理由で、私たちは傷つけられ、損なわれることがある。まるで冗談のように。

『ジョン・レノン対火星人』カバー
（昭60・1　角川書店）

『さようなら、ギャングたち』カバー
（昭57・10　講談社）

『優雅で感傷的な日本野球』カバー
（昭63・3　河出書房新社）

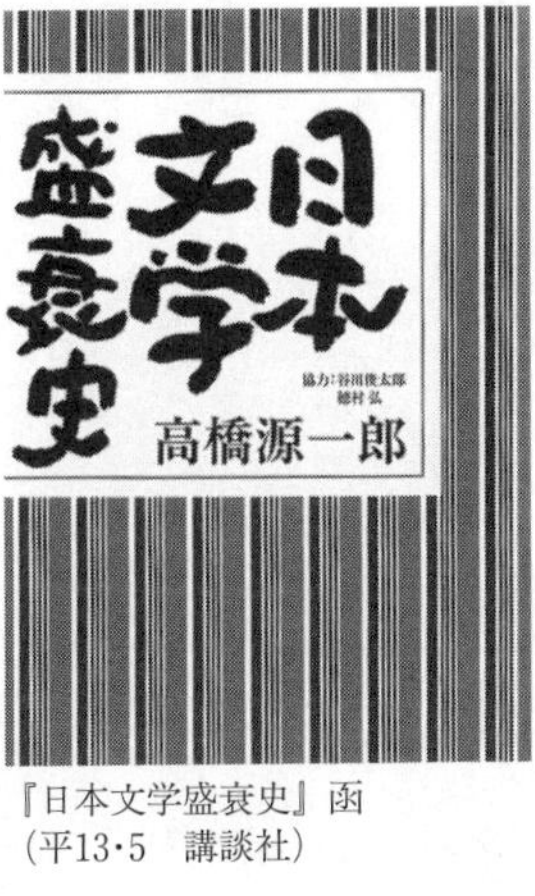

『日本文学盛衰史』函
（平13・5　講談社）

どういう基準でその選択がなされたのか、今でも私には分からない。「どういう基準でその選択がなされたのか分からない」ということが一九七〇年に「過激派」だったことから私が汲み出したほとんど唯一の知見だった。

個人的な回想を続けさせて頂くと、その時期に私は親しい友人を二人失った。どちらも「過激派」の仲間に殺された。無惨な死に方だった。

私がやりきれないのは、彼らが殺されて、私が生き残ったことにどう考えても「必然性」がないからである。その頃の私は殺された彼らと同じくらいに性急で、無思慮で、警戒心がなかった。彼らが殺され、私が殺されなかったのは、「たまたま」そうなったというにすぎない。

私は一度も逮捕されず、負傷もせず、敵対党派のテロにも遭わなかった。それは私が判断力にすぐれていたからでも、身体能力が高かったからでも、他党派の諸君からの敬意を集めていたからでもない。「たまたま」である。

七〇年の六月に総理官邸の前で座り込みをしていたとき、「総員検挙」の声がかかって機動隊が学生たちの頭上にジュラルミンの楯を振り下ろし始めたことがある。あたりで悲鳴が上がったが、私は座り込んで両腕を両側の学生と組んでいたので、身動きができなかった。私の頭上に楯が振り下ろされようとしたときに、右どなりの学生が身をふりほどいて不意に立ち上がり、私の頭上に来るはずの楯の一撃を後頭部に受けて昏倒した。彼がどうしてそんな行動に出たのか私には分からない。意識を失ったその学生をかついで救急車に乗せてから私は溜池の方に走って逃げた。怪我をしたのが彼で私ではなかったのは「悪意にみちた偶然」にすぎない。けれども、そのときの障害を彼はそのあと一生背負い込んだかもしれないと考えると私は気鬱になるのである。

「ほとんど無垢なまでに邪悪なもの」という言葉で私が言っているのは、機動隊の規制や党派のテロやリンチのことではない。そうではなくて、そのような実体的な暴力がその犠牲者を選ぶとき、そこには「私たちに理解できるような基準が見えない」という事実のことなのである。

暴力そのものより「暴力的」なのは、暴力がどのようにしてその対象を選別しているのか、その基準が当の被害者にはついに知られないという事実の方である。

暴力はたしかに私たちを傷つける。けれども、それはたかだか人間の身体を損傷する以上のことはできない。もし、暴力の行使に合理性があれば、私たちはそれを予防し、回避することができるし、必要とあらばクールに耐えることだってできる。

「暴力的なもの」はそうではない。それは「邪悪なもの」である。そこには何の「合理性」もない。「邪悪なもの」がどんなふうにふるまうのか、私たちには事前に予測することも事後に合理化することも、どちらもできない。その事実が私たちを深く強く混乱させるのである。

身体的な外傷は時間とともに癒えるが、「暴力的なもの＝邪悪なもの」が私たちにつけた傷、「世界には条理があるはずだ」という素朴な信憑を切り裂いたときに開いた傷跡は自然には癒えない。

この外傷を癒すために、生き残った人間は「仕事」をしなければならない。

その「仕事」とは、選別の時点では「死んだ人間」と「生き残った人間」の間に存在しなかった「差異」をそれからあとに長い時間をかけて構築することである。言い換えれば、「私が生き残ったことには、何か意味があるはずだ」という（自分でも信じていない）言葉を長い時間をかけて自分に信じさせることである。

だから、「生き残った人間」たちは「葬礼」を行うことになる。

というのは、「死んだ人間」にはできなくて、「生き残った人間」だけにできる仕事といったら（原理的に言って）「弔うこと」しかないからだ。

「葬礼を行いうるもの」として自己規定の仕切り直しをする以外に、「生き残ったこと」を合理化するどんな説明も成り立たないからである。「邪悪なもの」が私を拉致しなかったのは、私がその後に「葬礼」の責務を果たすことを宿命づけられていたからであるという説明だけがかろうじて私の「生き残り」の疚しさを緩和してくれる。

たいへんに長い迂回をしてしまったけれど、この迂回で、『ジョン・レノン対火星人』という小説をどうして高橋源一郎が書いたのか（あるいは「書かなければならなかった」のか）、その理由のおぼろげな輪郭は、「過激派の時代」を知らない世代の読者の方にもご理解頂けたのではないかと思う。

この小説には二つの主題がある。

ここで「主題」というのは作家が「それについて書こう」と思った「メッセージ」のことではなく、ちょうど音楽における「主題」がそうであるように、さまざまな変奏を繰り返し呼び寄せ、そこに物語が集中的に堆積することになる「磁場」のようなものだと思ってもらえばよい。

この小説には二つの「主題」がある。

ひとつは「暴力的なもの＝邪悪なもの」であり、ひとつは「エロティックなもの」である。この二つはべつに截然と分離されているわけではない。だから、「暴力的なエロス」や「エロティックな邪悪さ」もその二つの主題のあいだに輻輳している。けれども、暴力とエロスのどちらとも無縁な言葉はこの小説の中にはほとんど一行として存在しない。

どうして作家がこの二つの主題に惹き付けられるのか、私にはうまく説明できない。経験的に言えることは、「暴力」だけを扱った物語（たとえば「ハードボイルド」）は「エロス」抜きでも成立するし、「エロス」だけを扱った物語（たとえば「ポルノグラフィー」）は「暴力」抜きでも成立するけれど、「暴力的なもの＝邪悪なもの」を扱った物語は「エロティックなもの」をその対旋律のように帯同することなしには存立しえない、ということである。

どうしてそういうことになるのか、私にも分からない。よく分からないけれど、「いかなる根拠もなしに、人を傷つけ損なうもの」の対極には、「いかなる根拠もなしに、人を癒し、慰めるもの」が屹立しなければ、私たちの世界は均衡を失するだろうということだけは分かる。

「すばらしい日本の戦争」は「暴力的なもの」に深く回復不能なまでに損なわれた人間である。彼は「死躰」に取り憑かれ、「死躰」で充満したテクストを「美しく、むだのない、きびきびした文章《センテンス》」を量産し続ける。だから、「すばらしい日本の戦争」が描く死躰たちは物語の語り手である「わたし」が書く「ポルノグラフィー」の登場人物たちよりも「ずっと素敵」である。

ではなぜ、この「暴力的なもの」に根こそぎ損なわれた「すばらしい日本の戦争」が「わたし」のもとにやってきたのか。それは「わたし」が「偉大なポルノグラフィー」を構想する作家、「エロティックなもの」に漸近線的にではあれ接近することを主務とする物語の創造者だったからである。

　迷い込んだこの哀れな青年をどうするべきか困惑した「わたし」は「魂のヤクルトおばさん」である母に相談する。母は箴言第11章4節を引いて、息子に指針を示す。

「**貴重な品も憤怒の日には益なく、義こそ人を死から救い出す**」

　これではよく意味が分からない。

　私がエマニュエル・レヴィナスから学んだたいせつな教えのひとつは、聖書から聖句が引かれたときは、必ずその前後を読みなさいということであった。教えに従って箴言第11章の3節と5節を読む。そこにはこう書いてある。

「直ぐな人の誠実は、その人を導き、裏切り者のよこしまは、その人を破滅させる。」
「潔白な人の道は、その正しさによって平らにされ、悪者は、その悪事によって倒される。」

　箴言第11章が告げるのは「正義」によって「邪悪なもの」から人を救え、という教えである。

「わたし」はそのとき「義」といわれているものが精神科医による病症の適切な診断ではなく、無差別的に損なわれたものを無差別的に癒す力能であることに気づく。

　何か忘れてやいませんか？　あれがあるでしょ、あれが。

「わたし」は思い出す。「三年間の拘留生活を終えたわたしが欲しかったもの。そして未だ、わたしが『すばらしい日本の戦争』に提供していないもの」を。

この物語で「エロティックなもの」の境位を表象するのは同志テータム・オニールとその仲間の「石野真子」ちゃんである。

同志テータム・オニールはありとあらゆる拘置所規則に違反してついに「暴力的なもの」に屈服しなかった英雄的な闘士として登場する。彼女の受難の記録は国家権力による拘禁の暴力に、「過激派」の同志によるリンチが書き加えられて完璧なものとなる。いわばマイナスのカードをすべて集めたことによって彼女は特権的な「義人」の地位を獲得したのである。

「わたし」とT・O《テータム・オニール》と「ヘーゲルの大論理学」と「パパゲーノ」と「石野真子」ちゃんによる「愛のレッスン」、つまり「義による救い」の物語が後半を領する。癒しと慰め、「愛《アムール》と集中《コンセントレーション》」のつかのまの成功がそこでは語られる。

もちろん「義人」が最終的に勝利してみんなハッピーになる、というような物語を高橋源一郎は書かない。彼がそのようなものを書くことを「死者たち」が許さないからだ。

最終的に「義人の受難」の事実を告げて物語は終わる。義人とは受難するものの名だからである。受難をみずからの「選び」の徴として引き受ける人間のことを私たちは「義人」と呼ぶ。だから説話的な必然として、「わたし」は物語の最後では、かつて「すばらしい日本の戦争」を苦しめた「死躰」たちにみずからが取り憑かれることになる。それは物語のはじめから、つまり「わたし」が「すばらしい日本の戦争」をその「幕屋」に受け容れたときから、すでに宿命として避け得ないものだったはずである。

「わたし」がその貧しい「幕屋」に「すばらしい日本の戦争」を迎え入れたのは、「記者たち」が問いただすように彼の「関係者」や「友人」だったからではない。そうではなくて、彼がまったき「異邦人」であり、「わたし」の理解も共感も絶した人だからである。それにもかかわらず、「わたし」は彼を慰め癒す仕事を誰によっても代替しえぬおのれの責務としてためらわず引き受けたこと。そのことによって「わたし」は「義人」になったのである。

なぜ「わたし」がそのような責務を引き受けたのか、小説の中には説明がない。たぶんうまく説明できないからだろう。

というのも、ひとは決意によって「義人」になるのではなく、気がついたらいつのまにか「義人」になっているものだからである。どうしてかは説明できないけれど（この「解説」は「説明できない」ことが多すぎるな）、とにかく、そういうものなのである（すまない）。あるいは「わたし」の家に相伝された「家風」のようなものなのかも知れない（「家風」を侮ってはいけない）。

『ジョン・レノン対火星人』はある具体的な歴史的な出来事にかかわりをもつ物語である。けれども、そこに伏流しているのは、「暴力とエロス」と「義人とその受難」についての太古から語り継がれてきた説話原型である。だから、この小説を読みすすむと、私の中では、知らぬ間にうじうじと血がしみ出してくる。それは「過激派」的過去の「外傷」と、その同じ傷跡のさらに奥に開口している人類と同じだけ古い「外傷」からにじみ出す血である。

年譜——高橋源一郎

一九五一年（昭和二六年）
一月一日、父、高橋徹郎、母節子の長男として、広島県尾道市の母の実家で生まれた。父は、この年三〇歳、母は二四歳であった。父親の実家である大阪の帝塚山で一歳まで育った。祖父源助は、鉄工所を経営しており、父はその工場長であった。父の実家は、使用人も大勢いて大家族であった。

一九五二年（昭和二七年）　一歳
この年、祖父死去。祖母が、家長としての役を担って家をきりもりした。源一郎は身体に障害のある父親に代わり、家を継ぐ者として祖母から手厚く育てられた。父も母も、傾きかけた工場の立て直しのために奔走していたので、主に祖母が源一郎を教育した。離婚して家にもどってきた叔母が何かと世話をしてくれた。叔母や従姉妹たちやお手伝いさんたちなど女性たちに取り囲まれた生活がしばらく続いた。

一九五三年（昭和二八年）　二歳
この年、弟俊二郎が未熟児で生まれた。

一九五五年（昭和三〇年）　四歳
この年、末弟寿三郎が生まれるが、一週間で亡くなった。

一九五七年（昭和三二年）　六歳
四月、小学校に入学。

一九五九年（昭和三四年）　八歳
この年の夏のこと、従姉妹に背負われて海にはいって溺れかかり、一週間入院した。さらに、父の経営していた鉄工所が潰れ、夜逃げ同然で上京し、大泉学園に住まいを定めた。練馬区立大泉東小学校に転校した。その後、尾道の母の実家に帰り、土堂小学校に転校した。
一九六〇年（昭和三五年）　九歳
この年、再び東京に戻り千歳船橋に住んで世田谷区立船橋小学校に通うことになった。
一九六三年（昭和三八年）　一二歳
三月、船橋小学校を卒業。四月、麻布中学校に入学した。小学校の時から天文学に熱中していたので、人気の高い天文部に入った。この頃、澁澤龍彦訳の『悪徳の栄え』を読み、衝撃をうけた。この年、家庭の事情で尾道の母の実家へ一時身を寄せた。
一九六四年（昭和三九年）　一三歳
一月、灘中学校に転校した。帝塚山の家屋敷が人手にわたってしまったので、祖母と叔母がひき移っていた大阪府の豊中に転居した。さらにその後、大阪府千里丘に転居し、中学・高校在学中の約五年あまりを、ここから一時間半かけて通学した。この頃、鮎川信夫の「アメリカ」、谷川雁の「人間A」、鈴木志郎康の詩などに出会い、現代詩にひかれていった。
一九六六年（昭和四一年）　一五歳
三月、灘中学校を卒業し、四月、灘高校に入学した。
一九六七年（昭和四二年）　一六歳
中学二年生の頃から演劇に興味を持ち始め、自己流に脚本を書いたりしていたが、この年、ジャリの「ユビュ王」のパロディ版を書いて演出・助演した。高校時代は、友人たちと映画を見たり、酒を飲んだり、ジャズを聴いたりして深夜まで神戸で遊ぶことも多かった。また、無党派の組織をつくって、しばしばデモにも参加した。

一九六九年（昭和四四年）一八歳
三月、灘高校を卒業した。この年は東大の入学試験が行われなかったため、第一志望に京都大学を受験したが失敗に終わった。親の反対をおしきって横浜国立大学経済学部に入学し、横浜市南太田に住んだ。しかし横浜国大も紛争中で入学しても正常な授業は行われず、ストライキ中のキャンパス内に寝泊りするような日々が続いた。ラジカルな活動家として街頭デモなどに参加、逮捕留置をくり返した。一一月には、凶器準備集合罪等で逮捕され、翌年の初めまで留置所と練馬にある東京少年鑑別所のあいだを往復した後、家庭裁判所送りとなった。

一九七〇年（昭和四五年）一九歳
二月、起訴され八月まで東京拘置所に拘置された。この年、祖母と伯母があいついで亡くなったが、祖母の葬儀では病気療養中の父に代わって喪主をつとめた。

一九七一年（昭和四六年）二〇歳
この年、結婚。

一九七二年（昭和四七年）二一歳
この年の夏、土木作業員のアルバイトを始めた。以後、日産自動車横浜工場や住友金属の子会社の鉄工所、化学工場、土建会社などを転々として肉体労働に従事した。こうした生活のなかにあって小説家になるという素志を捨てずにいたが、書くことや読むことが思うにまかせなかった。この頃から競馬に興味を持った。この年、離婚と結婚。

一九七七年（昭和五二年）二六歳
三月、八年の在学期間満了により横浜国立大学経済学部を除籍となった。

一九七九年（昭和五四年）二八歳
この頃から書くことを再開するようになった。「ぼくはこのコップが好きだ」という単純な一文を一日中書き続けるような生活をおし通して、「失語症患者のリハビリテーション」の日々を送った。

一九八〇年（昭和五五年） 二九歳

第二四回群像新人文学賞に応募した。この年、離婚。

一九八一年（昭和五六年） 三〇歳

四月、群像新人文学賞応募作品「すばらしい日本の戦争」が予選を通過し、最終選考に残ったが受賞には至らなかった。選考委員は、川村二郎、木下順二、瀬戸内晴美、田久保英夫、藤枝静男の五名であった。瀬戸内の選評によれば、「この小説から物哀しいリリシズムを感じた」と瀬戸内一人だけが強く推したが、他の選考委員は「総スカンで、中には、こんなものを読むのは残り少い余生の時間が惜しい」（『群像』六月号）という選者もいた。選からもれた直後に、担当した編集者から群像新人長篇小説賞に応募したらどうかとすすめられた。すでに、タイトルと簡単なプロットを書いたノートがあったので、二月たらずの内に書き上げて応募した。第四回群像新人長篇小説賞の選考委員は、秋山駿、大庭みな子、黒井千次、佐々木基一の四人であった。秋山、大庭、黒井の三人が応募作品「さようなら、ギャングたち」を「従来の長篇小説の枠から軽やかに抜け出し、飄々として自由の歌をうたっている」と評価し受賞作に推したが、佐々木の「わたしはお手あげだった。部分的に光るイメージはあるものの、これが長篇小説と云えるだろうか」（『群像』一二月号）という反論によって、受賞作なしとなり、「さようなら、ギャングたち」が優秀作となった。

一九八二年（昭和五七年） 三一歳

三月、吉本隆明が『海燕』連載中の「マス・イメージ論」で「高橋源一郎『さようなら、ギャングたち』の出現は鮮明であった。ここで現在のイメージ様式そのものが高度でかなり重い比重の〈意味〉に耐えることがはじめて示された」と絶賛し、注目された。八月から八四年一一月まで、『野性時代』に「小説まで、コーヒーあと一杯」を連載した。九月、沖仲士のアルバイトをやめ、一〇年あまり続けてきた肉体労働に終止符をうち、執筆中心の生活に入った。一〇月、講談社から『さようなら、ギャングたち』が刊行された。

一九八三年（昭和五八年）　三二歳

三月、野田秀樹との電話による対談「肉体訓練のすすめ」（『野性時代』）、一〇月、「ジョン・レノン対火星人」（『野性時代』）を発表。一一月、川崎徹と対談「メンフラハップ対火星人」（『野性時代』）。一二月、『スタジオ・ボイス』に、英隆が撮影した女性の写真に文章を書くという形で連載を開始し、「リリットたち」「女たちよ」「TOKIO　WOMEN」のタイトルで八六年二月まで継続した。

一九八四年（昭和五九年）　三三歳

この年、荻窪に転居した。三月、『週刊就職情報』に「芸能欄より愛をこめて」（〜八五年六月）の連載を開始した。四月、高田馬場にある日本ジャーナリスト専門学校の臨時講師となった。五月、「虹の彼方に」（『海』）、谷川俊太郎・ねじめ正一と鼎談「〈私〉からの脱出」（『現代詩手帖』）を発表した。六月、吉本隆明と対談「言葉の現在」（『SAGE』）。八月、中央公論社から『虹の彼方に』を刊行した。一一月、写真家の操上和美の作品に文章をつけた『泳ぐ人』を冬樹社から刊行した。同月、栗本慎一郎と対談「言葉の臨界点—無化する境界・制度としての境界」（『現代詩手帖』）。一二月、『野性時代』に「大きな栗の木の下で」（〜八五年一二月）の連載を開始した。

一九八五年（昭和六〇年）　三四歳

一月、角川書店から『ジョン・レノン対火星人』を刊行した。六月、結婚。同月、JICC出版局から『ぼくがしまうま語をしゃべった頃』を刊行した。同月、野々村文宏と対談「アイドルする〈い・ま〉—アイドルとメディア・パフォーマンスのキャンバス」(『現代詩手帖』)。七月、渋谷陽一・山川健一と座談会「十九歳は輝いていたか」(『早稲田文学』)。九月、イタロ・カルヴィーノについて語ったインタビュー「映画のセットのような文学—バタンと倒れると何もなし」(『ユリイカ』)。一〇月、柄谷行人・渡部直己との座談会「阪神優勝を『哲学』する—マゾを突き抜けた倒錯が『想像力の危機』に襲われる日」(『朝日ジャーナル』一〇月二八日号)。一一月、『文芸』に「優雅で感傷的な日本野球」(〜八七年一一月)の連載を開始した。一二月、『スタジオ・ボイス』に八六年一月号の二回にわたって、越川芳明と対談「アメリカ・ポストモダンの今—ロバート・クーパー『ユニヴァーサル野球協会』をめぐって」が載った。

一九八六年(昭和六一年) 三五歳

一月、『東京人』に「AD」(〜八七年四月)の連載を開始した。五月、新婚旅行と雑誌のフットボール記事の取材をかねてオーストラリアへ行った。八月、島田雅彦と対談「物語作者が明かす〝読書栄養学〟」(『朝日ジャーナル』八月八日号)。同月、『スタジオ・ボイス』に連載したエッセイをまとめて、講談社から『朝、起きて、君には言うことが何もないなら』として刊行した。この頃から夫婦で競馬場に通い始めた。一二月、エミィ・ヘンペル著「アル・ジョルスンが埋められている墓地に」の翻訳と「ロスト・ジェネレーション'86」を『すばる』に発表した。この年、仕事部屋と住まいをわけていた荻窪のマンションを引き払い、国立に転居した。

一九八七年（昭和六二年）　三六歳
二月、講談社より『ジェイムス・ジョイスを読んだ猫』を刊行した。四月、『野性時代』に「新・博物誌」（〜九〇年四月）の連載を開始した。五月、柳瀬尚紀と対談「フィネガン語を読み解く喜び」（『現代詩手帖』）。六月、如月小春によるインタビュー「はな子さんの文学探検3―高橋源一郎」（『すばる』）。七月、松浦寿輝・朝吹亮二との対話批評「アール・ポエティック18―恥ずかしい」（『ユリイカ』）。九月、浅田彰と対談「新教養主義のススメ―失われた文庫本を求めて」（『マリ・クレール』）、石ノ森章太郎・天野祐吉と座談会「バッチリ経済通!?―ビジネスマンの爆発だア」（『ｗｉｌｌ』）。
一九八八年（昭和六三年）　三七歳
一月、新潮社から刊行したジェイ・マキナニー著『ブライト・ライツ、ビッグ・シティ』の翻訳が、ベスト・セラーとなった。同月、青野聰・江中直紀・青山南との座談会「外国文学の現在」（『海燕』）。三月、雑誌発表後大幅な改稿を行った『優雅で感傷的な日本野球』が河出書房新社から刊行された。この月から八九年二月まで『海燕』の「文芸時評」を担当した。四月、加藤典洋・竹田青嗣と座談会「批評は今なぜ、むずかしいか」（『文学界』）、紅野謙介・清水良典と座談会「アンソロジーの可能性」（『ちくま』）。五月、第一回三島由紀夫賞を『優雅で感傷的な日本野球』で受賞した。選考委員は、江藤淳・大江健三郎・筒井康隆・中上健次・宮本輝の五人であった。選考委員の顔触れと候補が一二作品と多かったこともあって、選考が難航した。江藤が「言葉が解き放たれて、言葉それ自体に戻りつつ飛翔しているのでなければ、こんな愉しさが生まれるはずはない。かくも爽やかな言葉の魔術師の出現を目前にして、私は惜しみない拍手を送りたい」と『優雅で感傷的な日本野球』を推したが、他の選考委員はそれぞれ別の作品を推してまとまらなかった。最終的には、大江が江藤に同調して受賞が決まった。受賞に際して『週刊朝日』(六月三日号)に掲載されたVサインをする源一郎・直子夫妻の写真と「賞金一〇〇万円は、全部ダービーに注ぎこみます」というインタビュー記事(『フォーカス』六月三日号)が話題となった。同月、吉本ばななと対談「若い文学」(『マリ・クレール』)。八月、蓮實重彥と対談「天使たちへのサイン」(『国文学・解釈と教材の研究』)、金井美恵子と対談「小説をめぐって」(『群像』)。同月、松山市が市制一〇〇周年記念事業として創設した「坊っちゃん文学賞」の審査委員となった。九月、練馬区石神井町に転居した。同月、吉本隆明と対談「なぜ太宰治は死なないか」(『新潮』)。一一月、サンケイスポーツに競馬予想コラム「こんなにはずれちゃダメかしら」の連載を開始した。同月、小林信彦と対談「現代から見た忠臣蔵」(『波』)。一二月、第一二回すばる文学賞選考委員となり、一五回まで委員を務めた。

一九八九年(昭和六四年・平成元年)三八歳

一月、『すばる』に「高橋源一郎の今月のBEST10」(~一二月)の連載を開始した。二月、井上ひさし、島田雅彥と座談会「そして、明日はどうなるか」(『新潮』二月臨時増刊号)。四月、『海燕』に連載した「文芸時評」をまとめた『文学がこんなにわかっていいかしら』を福武書店から刊行した。同月、吉本ばななと対談「『作家』の格は人柄の良さで決まる」(『マリ・クレール』)。同月、『SWITCH』に「追憶の一九八九年」(~九〇年三月)の連載を開始した。六月、『すばる』に「ペンギン村に陽は落ちて」を発表、一〇月に単行本として集英社から刊行した。同月、『朝日ジャーナル』に「私の読書日記」（～一一月）を連載した。一一月、『ちくま』に「ぼくの好きな外国の作家たち」（～九〇年一一月）の連載を開始した。この月、新設された日本ファンタジーノベル大賞の選考委員になった。一二月、富岡幸一郎によるインタビュー「高橋源一郎と『ペンギン村に陽は落ちて』」（『すばる』）。

一九九〇年（平成二年）　三九歳

一月、島田雅彦と対談「小説の解体から再生へ」（『海燕』）。三月、第三五回小学館漫画賞の選考委員となった。四月、『追憶の一九八九年』をスイッチ・コーポレイション書籍出版部から刊行した。六月、ジョン・バース、志村正雄と座談会「新しい千年期への知性」（『すばる』）。七月、柘植光彦らの「現点」の会によるインタビュー「作家というネットワーク」（『現点』夏号）。九月、谷川俊太郎・大岡信と座談会「いま、詩は」（『国文学・解釈と教材の研究』）。同月、大江健三郎と対談「現代文学への通路」（『新潮』）。一〇月、友情出演した吉本ばなな原作、市川準監督の映画「つぐみ」が封切られた。同月、井崎脩五郎・鈴木淑子と座談「フリートークで'90秋の馬たち」（『優駿』）。一一月、『惑星P-13の秘密』を角川書店から刊行した。一二月、水村美苗と対談「『続明暗』と小説の行為」（『すばる』）。

一九九一年（平成三年）　四〇歳

一月、『朝日新聞』の「文芸時評」（～九二年三月）を担当した。二月、自衛隊の海外派兵に反対して、中上健次・柄谷行人・津島佑子・島田雅彦・田中康夫・いとうせいこうらと「日本が湾岸戦争および今後あり得べき一切の戦争に加担することに反対する」声明を発表した。五月、『日経アドレ』に「燃えて！近代文学トライアル」（～九四年一月）の連載を開始した。月末から六月初めにかけてダービー取材のために英国行き、同時に作家ジュリアン・バーンズにインタビューも行った。七月、『毎日新聞』に競馬コラム「たーふロマン」(〜九二年九月)の連載を開始した。九月、荻野アンナと対談「小説の極北をめざして」(『文学界』)。一一月、翻訳を担当したリチャード・ブローティガン著『ロンメル進軍』を思潮社から、またサンケイスポーツの連載をまとめた『競馬探偵の憂鬱な月曜日』をミデアム出版社から刊行した。一二月、『中吊り小説』が新潮社から刊行された。

一九九二年(平成四年) 四一歳

五月、『群像』五月臨時増刊号として『柄谷行人&高橋源一郎』が刊行された。柄谷との対談「現代文学をたたかう」および小説「ゴーストバスターズ」を所収した。七月、第五回三島由紀夫賞の選考委員となり、第八回まで務めた。八月、『朝日新聞』の「文芸時評」を中心にした『文学じゃないかもしれない症候群』を朝日新聞社より刊行した。一一月、古井由吉・高橋直子と座談会「競馬場で会おう」(『太陽』)、関川夏央と対談「ひとつのことをゆっくりしゃべろう」(『クロワッサン』一一月一〇日号)。一二月、伊井直行・吉目木晴彦・笙野頼子・保坂和志との座談会「いま、作家であること」(『群像』)。

一九九三年(平成五年) 四二歳

一月、『アサヒ芸能』に「正義の見方―世の中がこんなにわかっていいかしら」(〜九六年一二月二六日)の連載を開始した。四月に『文学王』をまた六月には『平凡王』をブロンズ新社から刊行した。七月、フジテレビ主催の〇歳から小学校六年生までを対象としたウゴウゴ文学賞の審査員となった。一〇月、『サンケイスポーツ』の連載をまとめた第二作目『競馬探偵のいちばん熱い日』をミデアム出版社より刊行した。『週刊朝日』に「退屈な読書」(〜九四年六月)の連載を開始した。一一月、黒鉄ヒロシ・高橋直子と座談会

「競馬でわかる男の値打ち」(『婦人公論』)。同月、スペース・イマからCDブック『ぼくの好きな作家たち』を刊行した。
一九九四年(平成六年)　四三歳
一月、松苗あけみによるインタビューと高橋自身が行った全作品解説とエッセイからなる「高橋源一郎自身による高橋源一郎スペシャル」を『月刊カドカワ』に掲載した。四月、第三八回群像新人文学賞の選考委員となり、第四〇回まで務めた。日本テレビのスポーツ報道番組「スポーツうるぐす」のサブ・キャスターとなった。六月、第六回朝日新人文学賞選考委員となり、第八回まで務めた。同月、『正義の見方―世の中がこんなにわかっていいかしら』を徳間書店より刊行した。一二月、山岸伸の撮影した写真に文章を書いた『網浜直子写真集―ラブレター―』が、風雅書房より刊行された。
一九九五年(平成七年)　四四歳
一月、『週刊朝日』に「退屈な読書」の連載を再開した。四月、古井由吉と対談「表現の日本語」(『群像』)。六月、山田詠美・島田雅彦らと「VOICE　SASHIMI―カタリ派誕生!」と銘打って、渋谷ジァンジァンで自作の朗読会を開き、執筆中の作品の一部を朗読した。九月、『競馬探偵の逆襲』をミデアム出版社より刊行した。一二月、『これで日本は大丈夫―正義の見方2』を徳間書店より刊行した。またこの頃から絵本の翻訳も手がけ、講談社から『こっちをむいてよ、ピート!』を刊行した。
一九九六年(平成八年)　四五歳
一月、金井美恵子・芳川泰久と座談会「小説の力」(『群像』)。四月、『こんな日本でよかったら』を朝日新聞社より刊行した。六月、『タカハシさんの生活と意見』を東京書籍から、江川卓・二宮清純との共著『スポーツうるぐす夢野球』を日本テレビ放送網より刊行した。七月、羽生善治と対談「ふたりっきりで喋ってみたら、いきなり、文学と将棋の深い話になりました」(『月刊カドカワ』)。
一九九七年(平成九年) 四六歳
一月、新しく設けられた手塚治虫文化賞の選考委員となった。三月、『「夢競馬」奮戦記―スポーツうるぐす』を日本テレビ放送網から刊行した。五月、『群像』に「日本文学盛衰史」(〜二〇〇〇年一一月)の連載を開始した。六月、『ゴーストバスターズ―冒険小説』を講談社から刊行した。八月、渡部直己と対談「面談文藝時評'97―『ナイスなもの』の行方」(『文芸』)。一〇月、阿部和重と対談「あたらしいぞ私達は。」(『すばる』)。一一月、『週刊朝日』の連載をまとめた『いざとなりゃ本ぐらい読むわよ』を朝日新聞社から刊行した。
一九九八年(平成一〇年) 四七歳
二月、『週刊女性』にアダルト・ビデオ撮影現場を取材した小説「あ・だ・る・と」(〜一一月)の連載を開始した。四月、『週刊読売』の連載をまとめた『競馬探偵T氏の事件簿』を読売新聞社から刊行した。五月、父徹郎が亡くなった。一〇月、島田雅彦と「すばる文学カフェ」の作家による自作朗読会に出演して、『日本文学盛衰史』から啄木の日記を朗読した。同月、朝日新聞社から『文学なんかこわくない』、青春出版社から『即効ケイバ源一郎の法則』を刊行した。一一月、胃潰瘍による大量出血で原宿の病院で昏倒し、青山病院に救急入院した。
一九九九年(平成一一年) 四八歳
三月、小森陽一によるインタビュー「生きた文学史と漱石」(『小説トリッパー』)。同月、『あ・だ・る・と』を主婦と生活社から刊行した。四月、『週刊朝日』の連載をまとめた『退屈な読書』を朝日新聞社から刊行した。六月、川村湊・成田龍一と鼎談「島尾敏雄の戦争文学を読む」(『小説トリッパー』)。八月、離婚と結婚。

二〇〇〇年(平成一二年)　四九歳

一月、『文学界』に「君が代は千代に八千代に」(〜一二月)の連載を開始した。三月、「すばる文学カフェ」に室井佑月・奥泉光と出演し、「君が代は千代に八千代に」を朗読した。五月、NHKテレビ「課外授業ようこそ先輩」に出演し、母校世田谷区立船橋小学校で授業「これって文学?」を行った。七月、柴田元幸・佐藤亜紀・若島正と座談会「R・パワーズは第二のピンチョンか?」(『文学界』)。『日本経済新聞』にエッセイ「プロムナード」(〜一二月)の連載を開始した。八月、沼袋に転居した。九月、『朝日新聞』に「官能小説家―明治文学偽史」(〜二〇〇一年六月)の連載を開始した。同月、筑摩書房が刊行を開始した『明治の文学』の第五巻『二葉亭四迷』の編集・解説を担当した。

二〇〇一年(平成一三年)　五〇歳

二月、奥泉光と対談「虚構へのセッション」(『群像』)。四月、『もっとも危険な読書』を朝日新聞社から刊行した。五月、『日本文学盛衰史』を講談社から刊行した。同月末、鎌倉市二階堂に転居した。八月、穂村弘と対談「明治から遠く離れて」(『群像』)。同月、離婚。九月、関川夏央・加藤典洋と鼎談「明治百三十四年の座談会」(『新潮』)。一〇月から千葉大学で普遍教育(後期担当)の非常勤講師として文学の講義を行った。一二月、『ゴーギャン』を新潮社から刊行した。

二〇〇二年(平成一四年)　五一歳

一月、『すばる』に「ミヤザワケンジ全集」の連載を開始した。同月、絓秀実著『「帝国」の文学』の書評(『批評空間』第Ⅲ期2号)をめぐって絓とWeb CRITIQUE上で論争した。二月、『官能小説家』を朝日新聞社から刊行した。四月、慶応義塾大学文学部に設置されている久保田万太郎記念講座の講師（春学期担当）として「『日本文学史』と二十一世紀日本文学」の講義を行った。五月、『メフィスト』に「『名探偵』小林秀雄」を発表、『君が代は千代に八千代に』を文芸春秋から刊行した。同月、テレビ番組撮影のため三三年ぶりに尾道を訪れた。六月、『日本文学盛衰史』で第一三回伊藤整文学賞を受賞した。同月、岩波新書『一億三千万人のための小説教室』を刊行した。八月、三浦雅士と対談「文学の根拠」（『群像』）、神蔵美子と対談「恋愛体験が小説になるまで」（『中央公論』）。一〇月、柴田元幸と対談「90年代以降翻訳文学ベスト30」（『文学界』）。『群像』に「メイキングオブ同時多発エロ」の連載を開始した。同月、米日財団の後援でコロンビア大学ドナルド・キーン・センターの客員として渡米し、約一月現代日本文学のクラスで講義した。その間コーネル大学・ハーバード大学・プリンストン大学・ニューヨーク大学・カリフォルニア大学で講演を行った。一一月、水村美苗と対談「最初で最後の〈本格小説〉」（『新潮』）。一二月、母節子が亡くなった。同月、『小説トリッパー』に「唯物論者の恋」の連載を開始した。

二〇〇三年（平成一五年）五二歳

二月、谷川俊太郎・平田俊子との共著『21世紀文学の創造別巻―日本語を生きる』を岩波書店から刊行した。三月、結婚。四月、古井由吉と対談「文学の成熟曲線」（『新潮』）。五月、『メフィスト』に「殿様」の連載を開始した。鶴見俊輔と対談「21世紀の『死霊』」（『群像』）、『すばる』に「ボルヘスとナボコフの間」を発表した。六月、大塚英志と対談「『歴史』と『ファンタジー』」（『小説トリッパー』）。七月、島田雅彦・井上ひさし・小森陽一と「座談会昭和文学史　昭和から平成へ

—中上健次を中心に」（『すばる』）。九月、保坂和志と対談「タイムマシンとしての小説」（『新潮』）。同月、朝日文庫『人に言えない習慣、罪深い愉しみ—読書中毒者の懺悔』を朝日新聞社から刊行した。同月、ドゥマゴサロン文学カフェで谷川俊太郎と対談し自作の詩を朗読した。一〇月、三浦雅士・瀬尾育生と鼎談「『豊かさ』の重層性—『吉本隆明全詩集』をめぐって」（『現代詩手帖』）。同月、『現代詩手帖特集版　高橋源一郎』が思潮社から刊行された。

（栗坪良樹編）

＊本年譜を作成するにあたり若杉美智子氏の協力を得た。

著書目録——高橋源一郎

【単行本】

さようなら、ギャングたち　昭57・10　講談社
虹の彼方に　昭59・8　中央公論社
泳ぐ人*　昭59・11　冬樹社
ジョン・レノン対火星人　昭60・1　角川書店
ぼくがしまうま語をしゃべった頃　昭60・6　JICC出版局
朝、起きて、君には言うことが何もないなら*　昭61・8　講談社
ジェイムス・ジョイスを読んだ猫　昭62・2　講談社
優雅で感傷的な日本野球　昭63・3　河出書房新社
文学がこんなにわかっていいかしら　平元・4　福武書店
ペンギン村に陽は落ちて　平元・10　集英社
追憶の一九八九年　平2・4　スイッチ・コーポレイション書籍出版部
惑星P-13の秘密　平2・11　角川書店
競馬探偵の憂鬱な月曜日　平3・11　ミデアム出版社

中吊り小説＊　平3・12　新潮社
文学じゃないかもしれない症候群　平4・8　朝日新聞社
文学王　平5・4　ブロンズ新社
平凡王　平5・6　ブロンズ新社
競馬探偵のいちばん熱い日　平5・10　ミデアム出版社
ぼくの好きな作家たち（CDブック）　平5・11　スペース・イマ
正義の見方　平6・6　徳間書店
網浜直子写真集＊　平6・12　風雅書房
競馬探偵の逆襲　平7・9　ミデアム出版社
On the truf 全3冊＊　平7・10　ダイヤモンド社
これで日本は大丈夫　平7・12　徳間書店
こんな日本でよかったら　平8・4　朝日新聞社
タカハシさんの生活と意見　平8・6　東京書籍
スポーツうるぐす夢野球＊　平8・6　日本テレビ放送網
競馬漂流記　平8・12　ミデアム出版社
「夢競馬」奮戦記＊　平9・3　日本テレビ放送網
ゴーストバスターズ　平9・6　講談社
いざとなりゃ本ぐらい読むわよ　平9・11　朝日新聞社
競馬探偵T氏の事件簿　平10・4　読売新聞社
文学なんかこわくない　平10・10　朝日新聞社
即効ケイバ源一郎の法則　平10・10　青春出版社
あ・だ・る・と　平11・3　主婦と生活社
退屈な読書　平11・4　朝日新聞社
もっとも危険な読書　平13・4　朝日新聞社
日本文学盛衰史　平13・5　講談社
ゴヂラ　平13・12　新潮社

官能小説家　平14・2　朝日新聞社
サヨナラだけが人生だ＊　平14・3　恒文社21
君が代は千代に八千代に　平14・5　文芸春秋
一億三千万人のための小説教室　平14・6　岩波書店
日本語を生きる＊　平15・2　岩波書店
現代詩手帖特集版　高橋源一郎＊　平15・10　思潮社

【翻訳】
ブライト・ライツ、ビッグ・シティ（ジェイ・マキナニー）　昭63・1　新潮社
ロンメル進軍（リチャード・ブローティガン）　平3・11　思潮社
こっちをむいてよ、ピート！（マーカス・フィスター）　平7・12　講談社
あかちゃんカラスはうたったよ（ジョン・ロウ）　平8・2　講談社
ピートとうさんとティムぼうや（マーカス・フィスター）　平8・9　講談社
アルマジロがアルマジロになったわけ（ジョン・ロウ）　平10・3　講談社
まっくろスマッジ（ジョン・ロウ）　平12・12　講談社

【文庫】

ペンギン村に陽は落ちて　平4　集英社文庫
文学じゃないかもしれない症候群　平7　朝日文庫
さようなら、ギャングたち（解＝加藤典洋）　平9　文芸文庫
ゴーストバスターズ（解＝穂村弘）　平12　講談社文庫
文学なんかこわくない（解＝大塚英志）　平13　朝日文庫
あ・だ・る・と　平14　集英社文庫
人に言えない習慣、罪深い愉しみ　平15　朝日文庫

原則として編著、再刊本は入れなかった。／＊は共著を示す。／【文庫】は本書初刷刊行日現在の各社最新版「解説目録」に記載されているものに限った。（　）内の解は解説を示す。

（作成・栗坪良樹）

本書は、一九八八年一〇月刊行の新潮文庫版を底本としました。また、身体・職業等に関する表現で不適切と思われる箇所がありますが、時代背景と作品価値を考え、そのままにしました。

ジョン・レノン対火《たいか》星人《せいじん》

高橋源一郎《たかはしげんいちろう》

二〇〇四年四月一〇日第一刷発行
二〇二五年六月六日第一四刷発行

発行者——篠木和久
発行所——株式会社 講談社
東京都文京区音羽2・12・21 〒112-8001
電話 編集（03）5395・3513
販売（03）5395・5817
業務（03）5395・3615

デザイン——菊地信義
製版——株式会社KPSプロダクツ
印刷——株式会社KPSプロダクツ
製本——株式会社国宝社
©Gen'ichirō Takahashi 2004, Printed in Japan
定価はカバーに表示してあります。

落丁本・乱丁本は購入書店名を明記のうえ、小社業務宛にお送りください。送料は小社負担にてお取替えいたします。なお、この本の内容についてのお問い合せは文芸文庫（編集）宛にお願いいたします。
本書のコピー、スキャン、デジタル化等の無断複製は著作権法上での例外を除き禁じられています。本書を代行業者等の第三者に依頼してスキャンやデジタル化することはたとえ個人や家庭内の利用でも著作権法違反です。

ISBN4-06-198365-2

講談社文芸文庫

講談社文芸文庫

講談社編	東京オリンピック 文学者の見た世紀の祭典	高橋源一郎―解
講談社文芸文庫編	第三の新人名作選	富岡幸一郎―解
講談社文芸文庫編	大東京繁昌記 下町篇	川本三郎―解
講談社文芸文庫編	大東京繁昌記 山手篇	森 まゆみ―解
講談社文芸文庫編	戦争小説短篇名作選	若松英輔―解
講談社文芸文庫編	明治深刻悲惨小説集 齋藤秀昭選	齋藤秀昭―解
講談社文芸文庫編	個人全集月報集 武田百合子全作品・森茉莉全集	
小島信夫	抱擁家族	大橋健三郎―解／保昌正夫―案
小島信夫	うるわしき日々	千石英世―解／岡田 啓―年
小島信夫	月光｜暮坂 小島信夫後期作品集	山崎 勉―解／編集部―年
小島信夫	美濃	保坂和志―解／柿谷浩一―年
小島信夫	公園｜卒業式 小島信夫初期作品集	佐々木 敦―解／柿谷浩一―年
小島信夫	各務原・名古屋・国立	高橋源一郎―解／柿谷浩一―年
小島信夫	[ワイド版]抱擁家族	大橋健三郎―解／保昌正夫―案
後藤明生	挾み撃ち	武田信明―解／著者―年
後藤明生	首塚の上のアドバルーン	芳川泰久―解／著者―年
小林信彦	[ワイド版]袋小路の休日	坪内祐三―解／著者―年
小林秀雄	栗の樹	秋山 駿―人／吉田凞生―年
小林秀雄	小林秀雄対話集	秋山 駿―解／吉田凞生―年
小林秀雄	小林秀雄全文芸時評集 上・下	山城むつみ―解／吉田凞生―年
小林秀雄	[ワイド版]小林秀雄対話集	秋山 駿―解／吉田凞生―年
佐伯一麦	ショート・サーキット 佐伯一麦初期作品集	福田和也―解／二瓶浩明―年
佐伯一麦	日和山 佐伯一麦自選短篇集	阿部公彦―解／著者―年
佐伯一麦	ノルゲ Norge	三浦雅士―解／著者―年
坂口安吾	風と光と二十の私と	川村 湊―解／関井光男―案
坂口安吾	桜の森の満開の下	川村 湊―解／和田博文―案
坂口安吾	日本文化私観 坂口安吾エッセイ選	川村 湊―解／若月忠信―年
坂口安吾	教祖の文学｜不良少年とキリスト 坂口安吾エッセイ選	川村 湊―解／若月忠信―年
阪田寛夫	庄野潤三ノート	富岡幸一郎―解
鷺沢 萠	帰れぬ人びと	川村 湊―解／著者、オフィスめめ―年
佐々木邦	苦心の学友 少年倶楽部名作選	松井和男―解
佐多稲子	私の東京地図	川本三郎―解／佐多稲子研究会―年
佐藤紅緑	ああ玉杯に花うけて 少年倶楽部名作選	紀田順一郎―解
佐藤春夫	わんぱく時代	佐藤洋二郎―解／牛山百合子―年

講談社文芸文庫

里見弴	恋ごころ 里見弴短篇集	丸谷才一──解／武藤康史──年
澤田謙	プリューターク英雄伝	中村伸二──年
椎名麟三	深夜の酒宴｜美しい女	井口時男──解／斎藤末弘──年
島尾敏雄	その夏の今は｜夢の中での日常	吉本隆明──解／紅野敏郎──案
島尾敏雄	はまべのうた｜ロング・ロング・アゴウ	川村 湊──解／柘植光彦──案
島田雅彦	ミイラになるまで 島田雅彦初期短篇集	青山七恵──解／佐藤康智──年
志村ふくみ	一色一生	高橋 巖──人／著者──年
庄野潤三	夕べの雲	阪田寛夫──解／助川徳是──案
庄野潤三	ザボンの花	富岡幸一郎─解／助川徳是──年
庄野潤三	鳥の水浴び	田村 文──解／助川徳是──年
庄野潤三	星に願いを	富岡幸一郎─解／助川徳是──年
庄野潤三	明夫と良二	上坪裕介──解／助川徳是──年
庄野潤三	庭の山の木	中島京子──解／助川徳是──年
庄野潤三	世をへだてて	島田潤一郎─解／助川徳是──年
笙野頼子	幽界森娘異聞	金井美恵子─解／山﨑眞紀子─年
笙野頼子	猫道 単身転々小説集	平田俊子──解／山﨑眞紀子─年
笙野頼子	海獣｜呼ぶ植物｜夢の死体 初期幻視小説集	菅野昭正──解／山﨑眞紀子─年
白洲正子	かくれ里	青柳恵介──人／森 孝一──年
白洲正子	明恵上人	河合隼雄──人／森 孝一──年
白洲正子	十一面観音巡礼	小川光三──人／森 孝一──年
白洲正子	お能｜老木の花	渡辺 保──人／森 孝一──年
白洲正子	近江山河抄	前 登志夫──人／森 孝一──年
白洲正子	古典の細道	勝又 浩──人／森 孝一──年
白洲正子	能の物語	松本 徹──人／森 孝一──年
白洲正子	心に残る人々	中沢けい──人／森 孝一──年
白洲正子	世阿弥 ──花と幽玄の世界	水原紫苑──人／森 孝一──年
白洲正子	謡曲平家物語	水原紫苑──解／森 孝一──年
白洲正子	西国巡礼	多田富雄──解／森 孝一──年
白洲正子	私の古寺巡礼	高橋睦郎──解／森 孝一──年
白洲正子	[ワイド版]古典の細道	勝又 浩──人／森 孝一──年
鈴木大拙訳	天界と地獄 スエデンボルグ著	安藤礼二──解／編集部──年
鈴木大拙	スエデンボルグ	安藤礼二──解／編集部──年
曽野綾子	雪あかり 曽野綾子初期作品集	武藤康史──解／武藤康史──年
田岡嶺雲	数奇伝	西田 勝──解／西田 勝──年

講談社文芸文庫

高橋源一郎	さようなら、ギャングたち	加藤典洋——解／栗坪良樹——年
高橋源一郎	ジョン・レノン対火星人	内田 樹——解／栗坪良樹——年
高橋源一郎	ゴーストバスターズ 冒険小説	奥泉 光——解／若杉美智子—年
高橋源一郎	君が代は千代に八千代に	穂村 弘——解／若杉美智子・編集部—年
高橋源一郎	ゴヂラ	清水良典——解／若杉美智子・編集部—年
高橋たか子	人形愛｜秘儀｜甦りの家	富岡幸一郎—解／著者———年
高橋たか子	亡命者	石沢麻依——解／著者———年
高原英理編	深淵と浮遊 現代作家自己ベストセレクション	高原英理——解
高見 順	如何なる星の下に	坪内祐三——解／宮内淳子——年
高見 順	死の淵より	井坂洋子——解／宮内淳子——年
高見 順	わが胸の底のここには	荒川洋治——解／宮内淳子——年
高見沢潤子	兄 小林秀雄との対話 人生について	
武田泰淳	蝮のすえ｜「愛」のかたち	川西政明——解／立石 伯——案
武田泰淳	司馬遷—史記の世界	宮内 豊——解／古林 尚——年
武田泰淳	風媒花	山城むつみ—解／編集部——年
竹西寛子	贈答のうた	堀江敏幸——解／著者———年
太宰 治	男性作家が選ぶ太宰治	編集部——年
太宰 治	女性作家が選ぶ太宰治	
太宰 治	30代作家が選ぶ太宰治	編集部——年
田中英光	空吹く風｜暗黒天使と小悪魔｜愛と憎しみの傷に 田中英光デカダン作品集 道籏泰三編	道籏泰三——解／道籏泰三——年
谷崎潤一郎	金色の死 谷崎潤一郎大正期短篇集	清水良典——解／千葉俊二——年
種田山頭火	山頭火随筆集	村上 護——解／村上 護——年
田村隆一	腐敗性物質	平出 隆——人／建畠 晢——年
多和田葉子	ゴットハルト鉄道	室井光広——解／谷口幸代——年
多和田葉子	飛魂	沼野充義——解／谷口幸代——年
多和田葉子	かかとを失くして｜三人関係｜文字移植	谷口幸代——解／谷口幸代——年
多和田葉子	変身のためのオピウム｜球形時間	阿部公彦——解／谷口幸代——年
多和田葉子	雲をつかむ話｜ボルドーの義兄	岩川ありさ—解／谷口幸代——年
多和田葉子	ヒナギクのお茶の場合｜海に落とした名前	木村朗子——解／谷口幸代——年
多和田葉子	溶ける街 透ける路	鴻巣友季子—解／谷口幸代——年
近松秋江	黒髪｜別れたる妻に送る手紙	勝又 浩——解／柳沢孝子——案
塚本邦雄	定家百首｜雪月花(抄)	島内景二——解／島内景二——年

講談社文芸文庫

塚本邦雄	百句燦燦 現代俳諧頌	橋本 治——解／島内景二——年
塚本邦雄	王朝百首	橋本 治——解／島内景二——年
塚本邦雄	西行百首	島内景二——解／島内景二——年
塚本邦雄	秀吟百趣	島内景二——解
塚本邦雄	珠玉百歌仙	島内景二——解
塚本邦雄	新撰 小倉百人一首	島内景二——解
塚本邦雄	詞華美術館	島内景二——解
塚本邦雄	百花遊歴	島内景二——解
塚本邦雄	茂吉秀歌『赤光』百首	島内景二——解
塚本邦雄	新古今の惑星群	島内景二——解／島内景二——年
つげ義春	つげ義春日記	松田哲夫——解
辻 邦生	黄金の時刻の滴り	中条省平——解／井上明久——年
津島美知子	回想の太宰治	伊藤比呂美-解／編集部——年
津島佑子	光の領分	川村 湊——解／柳沢孝子——案
津島佑子	寵児	石原千秋——解／与那覇恵子-年
津島佑子	山を走る女	星野智幸——解／与那覇恵子-年
津島佑子	あまりに野蛮な 上・下	堀江敏幸——解／与那覇恵子-年
津島佑子	ヤマネコ・ドーム	安藤礼二——解／与那覇恵子-年
坪内祐三	慶応三年生まれ　七人の旋毛曲り 漱石・外骨・熊楠・露伴・子規・紅葉・緑雨とその時代	森山裕之——解／佐久間文子-年
坪内祐三	『別れる理由』が気になって	小島信夫——解
坪内祐三	文学を探せ	平山周吉——解／佐久間文子-年
鶴見俊輔	埴谷雄高	加藤典洋——解／編集部——年
鶴見俊輔	ドグラ・マグラの世界｜夢野久作 迷宮の住人	安藤礼二——解
寺田寅彦	寺田寅彦セレクション Ⅰ 千葉俊二・細川光洋選	千葉俊二——解／永橋禎子——年
寺田寅彦	寺田寅彦セレクション Ⅱ 千葉俊二・細川光洋選	細川光洋——解
寺山修司	私という謎 寺山修司エッセイ選	川本三郎——解／白石 征——年
寺山修司	戦後詩 ユリシーズの不在	小嵐九八郎-解
十返肇	「文壇」の崩壊 坪内祐三編	坪内祐三——解／編集部——年
徳田球一 志賀義雄	獄中十八年	鳥羽耕史——解
徳田秋声	あらくれ	大杉重男——解／松本 徹——年
徳田秋声	黴｜爛	宗像和重——解／松本 徹——年
富岡幸一郎	使徒的人間 —カール・バルト—	佐藤 優——解／著者——年